IL Y A ENCORE DES NOISETIERS

Georges Simenon, écrivain belge de langue française, est né à Liège en 1903. Il est l'un des auteurs les plus traduits au monde. À seize ans, il devient journaliste à *La Gazette de Liège*. Son premier roman, publié sous le pseudonyme de Georges Sim, paraît en 1921 : *Au pont des Arches, petite histoire liégeoise*. En 1922, il s'installe à Paris et écrit des contes et des romans populaires. Près de deux cents romans, un bon millier de contes écrits sous pseudonymes et de très nombreux articles, souvent illustrés de ses propres photos, sont parus entre 1923 et 1933... En 1930, Simenon rédige son premier Maigret : *Pietr le Letton*. Lancé par les éditions Fayard en 1931, le personnage du commissaire Maigret rencontre un immense succès. Simenon écrira en tout soixante-quinze romans mettant en scène les aventures de Maigret (ainsi que vingt-huit nouvelles). Dès 1930, Simenon commence aussi à écrire ce qu'il appellera ses « romans durs » : plus de cent dix titres, du *Passager du Polarlys* (1930) aux *Innocents* (1972). Parallèlement à cette activité littéraire foisonnante, il voyage beaucoup. À partir de 1972, il cesse d'écrire des romans. Il se consacre alors à ses vingt-deux *Dictées*, puis rédige ses *Mémoires intimes* (1981). Simenon s'est éteint à Lausanne en 1989. Il fut le premier romancier contemporain dont l'œuvre fut portée au cinéma dès le début du parlant avec *La Nuit du carrefour* et *Le Chien jaune*, parus en 1931 et adaptés l'année suivante. Plus de quatre-vingts de ses romans ont été portés au grand écran (*Monsieur Hire* avec Michel Blanc, *Feux rouges* de Cédric Kahn, ou encore *L'Homme de Londres* de Béla Tarr), et, à la télévision, les différentes adaptations de Maigret ou, plus récemment, celles de romans durs (*Le Petit Homme d'Arkhangelsk*, devenu *Monsieur Joseph*, avec Daniel Prévost, *La Mort de Belle* avec Bruno Solo) ont conquis des millions de téléspectateurs.

GEORGES SIMENON

Il y a encore des noisetiers

PRESSES DE LA CITÉ

*Au docteur Samuel Cruchaud, mon ami,
ce livre où personne n'est personne et
où, quand, par hasard, quelqu'un est
quelqu'un, il est quelqu'un d'autre.*

1

Étais-je, ce matin-là, plus ou moins heureux que les autres jours ? Je n'en sais rien et le mot bonheur n'a plus beaucoup de sens pour un homme de soixante-quatorze ans.

En tout cas, la date reste dans ma mémoire : le 15 septembre. Un mardi.

À six heures vingt-cinq, Mme Daven, que j'appelle la gouvernante, est entrée sans bruit, sans remuer d'air, et a posé ma tasse de café sur la table de nuit avant de se diriger vers la fenêtre et de tirer les rideaux. J'ai vu tout de suite qu'il n'y avait pas de soleil, que l'air était brumeux, qu'il pleuvait peut-être.

Nous nous sommes dit bonjour, simplement. Nous parlons peu. Pendant que je buvais une première gorgée, elle a rangé les vêtements que j'avais retirés la veille au soir et, de mon côté, j'ai tourné le bouton de la radio pour les nouvelles du matin.

Ce sont des rites. Ils se sont créés peu à peu et je serais bien en peine de savoir pourquoi nous les suivons religieusement.

Mme Daven fait couler l'eau dans la baignoire et je bois mon café avant de me lever et d'endosser ma robe de chambre. Je marche vers la fenêtre. Tous les matins. Je regarde la place Vendôme déserte, les longues voitures de maître en face du Ritz, l'agent en faction au coin de la rue de la Paix.

Deux ou trois taxis passent, un seul piéton qui se presse en regardant l'heure à sa montre. Le pavé est noir et laqué. Je me demande s'il pleut ou si c'est la brume qui se dépose sur la chaussée. Un léger frémissement de l'air indique que c'est une pluie très fine qui descend si lentement qu'on s'en aperçoit à peine et qui se noircit sur l'asphalte.

Derrière moi, Mme Daven dépose ma seconde tasse de café noir.

— Vous porterez un complet bleu?

J'hésite, comme si cela avait de l'importance, et je dis :

— Un gris... Assez sombre...

Peut-être pour être en harmonie avec le temps. Il pleuvra toute la journée. Ce n'est pas une ondée passagère. La place est très belle dans cette lumière tamisée, surtout à cette heure où peu de gens sont levés. Je ne vois que deux fenêtres éclairées, des femmes de ménage au travail.

Je sais que dans la cuisine Rose Barberon, la femme de chambre, sert le petit déjeuner à son mari qui n'a pas encore passé sa veste blanche ni coiffé sa toque de cuisinier. Il y a quinze ans qu'ils sont avec moi. Ils dorment dans les mansardes, juste au-dessus de ma tête.

— Vous ne désirez rien de spécial au déjeuner ou au dîner? me demande Mme Daven.

— Rien de spécial, non.

— Vous n'avez pas d'invités?

— Non…

J'en ai si rarement ! Le plus rarement possible. Je me suis habitué petit à petit à manger seul et j'en suis arrivé à ce que cela me fatigue de parler ou d'écouter.

À part la cuisine, l'appartement est vide, mon studio, l'ancienne chambre de ma femme, son boudoir, les chambres des enfants, bien entendu, le grand salon et la salle à manger.

Mme Daven couche dans ce qui a été longtemps la chambre de Jean-Luc. Au début, elle voulait s'installer dans une des mansardes, mais je me sentais trop seul, la nuit, dans un appartement où le silence n'était rompu par aucune présence humaine.

Tout s'est passé ce matin-là comme les autres matins. Peu de nouvelles à la radio. Ma cigarette terminée, je l'ai écrasée dans un cendrier, et je me suis rendu dans la salle de bains. Mon premier soin a été de me raser.

Encore une habitude que rien n'explique. La plupart des hommes prennent leur bain avant de se raser, car la barbe est alors plus tendre. Pourquoi je fais le contraire, je l'ignore. J'ai tendance, depuis un certain nombre d'années, sans doute depuis que je vis pratiquement seul, à répéter les mêmes gestes aux mêmes heures de la journée.

J'entends Mme Daven aller et venir dans ma chambre. Elle sait que j'ai horreur de voir le lit ouvert, la blancheur crue des draps froissés. Elle reste là pendant que je m'habille, me tend les objets que je mets dans mes poches.

En somme elle fait fonction de valet de chambre. Je n'ai jamais pu supporter la présence d'un homme dans mon intimité.

À sept heures, j'entends des pas dans le studio contigu à ma chambre. C'est Émile, mon chauffeur, qui apporte les journaux du matin et les pose sur le guéridon. Il habite la banlieue, du côté d'Alfortville, je pense, et sa femme est à l'hôpital depuis près de deux ans. Il fait son ménage, chaque matin, avant de partir. Dans quelques instants, il sera dans la cuisine à prendre à son tour son petit déjeuner.

Un tout petit univers, cinq personnes au total, dans un appartement conçu pour une grande famille et pour des réceptions. Tout à l'heure viendront les deux femmes de ménage assumant le gros travail, car toutes les pièces, même celles qui ne servent plus, sont passées chaque jour à l'aspirateur.

Je n'endosse pas encore mon veston, mais une robe de chambre légère, et je vais m'asseoir dans mon fauteuil du studio. J'y passe une bonne partie du temps et, quand je suis grippé, j'y reste la journée entière.

La moquette est beige, les murs tendus de cuir, le même cuir, en un peu plus clair, que les fauteuils. Sur le mur, en face de ma place favorite, j'ai fait accrocher un grand Renoir, une baigneuse, jeune et fraîche, avec des gouttes d'eau qui glissent sur sa peau rose. Elle est rousse et sa lèvre inférieure s'avance dans une moue boudeuse.

Je la regarde chaque matin. Je lui dis bonjour.

À cause de cette pluie fine, du ciel d'un gris uni, je suis obligé, aujourd'hui, de garder les lampes allumées et, de ma place, je vois d'autres fenêtres qui s'éclairent.

Certains ont-ils, comme moi, des habitudes auxquelles ils attachent de l'importance? Je n'étais pas ainsi, jadis. Il me semble que chaque journée était différente, que j'improvisais au fil des heures, sans jamais savoir où je me trouverais le soir et à quelle heure je me coucherais. Maintenant, je le sais. Onze heures. Presque à une minute près.

Avec Jeanne, ma seconde femme, nous nous couchions rarement avant trois heures du matin et nous dormions encore quand les enfants partaient pour l'école.

Quant à Nora, plus tard, elle aurait volontiers passé toutes les nuits dehors.

Je lis mes journaux machinalement, surtout les informations financières, et Mme Daven, toujours sans bruit, dans une sorte de glissement, m'apporte ma troisième tasse de café.

J'ai toujours été gourmand de café. Mon brave Candille, qui est mon médecin depuis plus de vingt ans, me conseille en vain de me restreindre. Il est trop tard. Ce n'est pas à mon âge qu'on change ses habitudes et il en est de mes trois tasses de café comme du reste.

Je me moque volontiers de moi-même. Je vis sur des rails, sans m'en écarter davantage qu'une locomotive. Le plus curieux, c'est que j'éprouve, dans cette répétition quotidienne de mes faits et gestes, une certaine satisfaction.

Comme j'en éprouve à voir, bien à leur place, les tableaux et les objets que j'ai choisis peu à peu au cours des années. Je ne leur attache pas une valeur sentimentale. Je ne pense jamais aux souvenirs qu'ils pourraient réveiller en moi.

Je les aime pour eux-mêmes, pour leur forme, leur matière, leur beauté; il y a par exemple dans le salon une tête de femme, par Rodin, dont je caresse le bronze chaque fois que je passe.

La pendule dorée, qui date du dix-septième siècle, sonne les heures et les demies et Mme Daven prend soin qu'elle ne s'arrête jamais. J'ai horreur des horloges arrêtées. C'est un peu comme si elles étaient mortes et toutes les pendules de la maison marquent l'heure exacte, sauf l'horloge électrique de la cuisine qui avance de cinq minutes.

La place Vendôme s'anime un peu. J'entends des volets métalliques qu'on lève devant les vitrines, y compris chez le bijoutier, au rez-de-chaussée de mon immeuble.

Quand la pendule frappe neuf coups, cela signifie qu'il est temps de me lever et d'échanger ma robe de chambre contre un veston. Pour gagner la porte, je dois passer par le grand salon où s'affaire une des femmes de ménage. Je les connais seulement de vue. Elles changent assez souvent. Pour le moment je crois qu'il y a une Française et une Espagnole.

Je ne prends pas l'ascenseur, car je n'ai qu'un étage à descendre pour apercevoir sur une porte d'acajou la plaque de cuivre qui porte, gravés, les mots :

F. Perret-Latour
Banquier

Le F est là pour François. C'est moi. Si l'affaire m'appartient encore pour la plus grande partie, je ne joue plus réellement le rôle de patron. J'y ai renoncé il y a quatre ans, à soixante-dix ans, un anniversaire qui m'a fort troublé car j'ai eu l'impression, soudain, d'être devenu vieux.

Jusqu'alors, c'est à peine si j'y avais pensé. Je commençais, certes, à me fatiguer plus vite, à appeler plus souvent Candille pour des bobos, mais je ne me sentais pas un vieillard.

Or, du jour au lendemain, j'ai décidé que j'en étais un et je me suis mis à vivre, à marcher, à parler, à agir en vieillard.

C'est de cette époque que datent la plupart de mes manies. C'est alors aussi que Mme Daven a commencé à s'occuper de tout dans l'appartement, y compris de moi-même.

— Combien d'années, normalement, me reste-t-il à vivre ? me suis-je demandé.

Je ne me posais pas la question avec angoisse. Je ne pense pas que j'aie peur de mourir. Ce qui m'a tracassé, le jour de mes soixante-dix ans, c'est l'idée de décrépitude.

Je me suis souvenu de la façon dont, quelques années plus tôt encore, je regardais ceux que je considérais comme des vieillards. J'ai toujours considéré mon père comme un vieillard, alors qu'il est mort à soixante-trois ans.

N'est-ce pas ahurissant de penser que mon frère Léon a soixante-douze ans et que ma sœur Joséphine, l'aînée, qui ne s'est jamais mariée, vit encore seule, à Mâcon, à l'âge de soixante-dix-neuf ans ?

Jeanne, elle, plus jeune que moi, s'est installée à Metz avec son mari et elle est morte de tuberculose en 1928 après avoir donné naissance à deux ou trois enfants. Je devrais le savoir, car nous avons continué un certain temps à nous écrire. Son mari, qui s'appelait

Louvier, était dans les assurances. Ma sœur disparue, j'ai perdu contact avec lui et les enfants.

Si je descends au premier étage à neuf heures cinq, c'est pour donner le temps à M. Pageot d'ouvrir les portes et les volets. Il a dix ans de moins que moi et voilà plus de trente ans qu'il travaille à la banque.

Le directeur, Gaston Gabillard, est plus jeune : cinquante-deux ans. C'est lui qui dirige l'affaire, bien que je sois resté président du conseil d'administration et qu'il fasse semblant de me demander mon avis avant de prendre une décision importante.

Il occupe mon ancien bureau, le plus grand, le plus clair, dont les deux fenêtres donnent sur la place Vendôme et qui est meublé en style Empire. Tout est meublé en Empire et la plupart des meubles sont authentiques. Il n'y a qu'un seul guichet, dans la première pièce où se tient l'huissier à chaîne d'argent.

Nos clients ne viennent pas pour toucher un chèque ou pour verser de petites sommes. Notre fonction est de gérer leur fortune, de les conseiller dans leurs placements, souvent de prendre des participations dans leurs affaires.

J'ai été un des premiers, par exemple, à croire en l'électronique et à aider un industriel de Grenoble qui se lançait dans cette voie. Aujourd'hui, son affaire m'appartient à soixante pour cent.

Je jette un coup d'œil à la salle des télex, où les appareils sont reliés directement avec Londres, Zurich, Francfort et New York. Puis j'entre dans le bureau qui m'est réservé, plus petit que l'ancien, mais avec vue aussi sur la place Vendôme.

Mon courrier personnel m'attend au milieu du sous-marin qui m'a été offert par ma dernière femme.

Mardi 15 septembre. La pluie tombe toujours, si fine qu'elle en est invisible, et pourtant le toit et le capot des voitures sont tout mouillés.

La lettre se trouve au-dessus de la pile, une enveloppe avion dont l'écriture me frappe. Elle m'aurait frappé tout autant si elle ne portait pas en caractères imprimés les mots : Bellevue Hospital.

À New York. Quai Franklin D. Roosevelt, face à l'East River. Je connais bien New York. Je suis passé souvent devant les imposants bâtiments du Bellevue Hospital.

L'écriture est heurtée, pointue, tantôt verticale, tantôt penchée à droite et tantôt à gauche. Elle est tremblée. C'est l'écriture d'un ou d'une malade.

Nous recevons souvent à la banque des lettres de fous, et on les reconnaît presque toujours à ce genre d'écriture.

Il n'y a pas de nom au dos de l'enveloppe. Je l'ouvre, avec le sentiment que je vais apprendre une nouvelle désagréable.

Je tourne la feuille pour lire la signature. Je ne me suis pas trompé. La lettre est de Pat. Elle signe à présent Pat Jester.

Je savais qu'elle s'était remariée. Je suis même allé sonner à sa porte, en 1938, alors qu'elle habitait une petite maison assez pauvre du Bronx. Je voulais lui demander l'adresse de mon fils, qui ne m'a jamais écrit.

Une voisine, me voyant sonner en vain, m'a dit que mon ancienne femme travaillait dans un hôtel de

Manhattan, sans pouvoir préciser lequel, en même temps que son mari, un nommé Jester. Non, la voisine ne connaissait pas mon fils mais elle en avait entendu parler et il habitait quelque part dans le New Jersey.

La lettre est en anglais, bien entendu. Même quand nous vivions ensemble à Paris, Pat n'a jamais pu retenir cinq mots de français.

C'est en 1925 que nous nous sommes rencontrés à New York, où j'étais allé faire un stage à Wall Street. J'habitais la Troisième Rue, près de Washington Square, au second étage d'une maison qui n'en comportait que quatre.

Il y avait pourtant un ascenseur, très étroit, tapissé de rouge. On ne pouvait y tenir qu'à deux et un jour je m'y suis trouvé en compagnie d'une jeune femme brune qui s'arrêta au même étage que moi.

Nous étions voisins et, pendant plusieurs semaines, je ne l'avais jamais rencontrée. J'avais trente et un ans. La deuxième ou la troisième fois, nous nous sommes parlé et elle m'a dit qu'elle était modèle.

Nous avons dîné ensemble. Il m'est arrivé de passer de plus en plus souvent, le soir, d'une chambre dans l'autre et, une nuit, je me suis mis en tête de l'épouser.

Nous avons changé d'appartement. Pat avait vingt ans et elle était assez gaie, avec, pourtant, des moments de mélancolie. Elle était née dans le Middle West et je pense que ses parents étaient très pauvres. Elle ne m'en parlait jamais.

Je jouais à la Bourse. Dès mon arrivée à Paris, à dix-sept ans, quand je suis entré à la Faculté de droit, j'avais découvert le poker et j'y passais des nuits entières.

Je gagnais presque toujours. Il y a chez moi comme un sixième sens qui m'a servi au Stock Exchange après m'avoir servi au Quartier Latin.

En 1926, considérant que mon stage était terminé, je suis rentré à Paris avec Pat et nous nous sommes installés dans un hôtel du boulevard Montmartre.

C'est là que notre fils est né et nous l'avons nommé Donald. Pat ne travaillait plus. Je la sortais le plus possible, surtout dans les boîtes de Montparnasse qui avaient alors la vogue que devaient acquérir plus tard les caves de Saint-Germain-des-Prés.

Pourquoi Pat a-t-elle pris Paris en grippe ? Je n'en sais rien. Elle tenait à se comporter strictement en Américaine et rien de ce qui était français ne trouvait grâce à ses yeux.

J'avais un ami, avec qui j'avais fait mon droit, et dont le père possédait une banque privée rue Laffitte. Il s'appelait Max Weil et c'est lui qui m'a conseillé de reprendre une petite banque, place Vendôme. Son père m'a d'ailleurs aidé financièrement. Quant à mon ami Max, il devait mourir à Buchenwald en 1943.

Je me souviens des dates, grâce à des points de repère. Pour certaines époques, mes souvenirs sont plus flous que pour d'autres et c'est le cas pour ma vie avec Pat. J'ai même de la peine à reconstituer son visage. Nous ne nous disputions pas, mais je ne retrouvais pas, à Paris, l'exaltation joyeuse que j'avais partagée avec elle à New York.

L'appartement du second étage n'était pas libre en ce temps-là et nous avons continué à habiter l'hôtel.

J'avais une maîtresse, Jeanne Laurent, une journaliste dont le père était directeur d'un quotidien du soir.

Elle était petite et mince, très vive, d'une intelligence aiguë.

Je crois que Pat l'a toujours ignoré et que ma liaison n'a eu aucune part dans sa décision. Un jour, elle m'a annoncé qu'elle avait la nostalgie de New York et qu'elle allait y passer quelques semaines. Elle a emmené notre fils, trop jeune pour que je m'en occupe.

Pour moi, ce n'était qu'un bébé comme les autres et je ne me sentais pas une âme de père.

Je n'ai guère été surpris, trois ou quatre mois plus tard, de recevoir une lettre d'un avocat de Reno m'annonçant que le divorce entre Pat et moi avait été prononcé à mes torts et que j'étais condamné à verser une somme mensuelle de mille dollars pour l'entretien et l'éducation de l'enfant.

J'en ai discuté avec Paul, un ami et mon avocat, Paul Terran, qui habite quai Voltaire et qui vient encore de temps en temps me voir.

— Pour être valable en France, le divorce devrait avoir été prononcé pour des motifs reconnus par la loi française. Or, ta femme a évoqué ta désertion du domicile conjugal. Où est le domicile conjugal ?

— Là où vit le mari...

— Exactement... Donc, si tu le désires, tu peux faire annuler le divorce par les tribunaux français...

À quoi bon ? Au fond, cela m'arrangeait. Je n'avais plus envie de vivre avec Pat et encore moins de m'installer définitivement aux États-Unis.

Jeanne Laurent et moi étions devenus de plus en plus intimes et il me déplaisait de rentrer seul me coucher, car elle habitait encore chez ses parents.

J'ai versé les mille dollars mensuels jusqu'en 1940, quand il est devenu impossible de communiquer avec l'Amérique. Pat s'était remariée avec un certain Jester, que je n'ai jamais vu et dont j'ignore la profession. Par la suite, j'ai perdu leur adresse et, comme je ne possédais pas non plus celle de Donald, j'ai cessé les versements.

La lettre est devant moi, écrite dans une salle du Bellevue Hospital par une femme qui doit avoir aujourd'hui soixante-deux ans et qui signe d'une main tremblante Pat Jester.

La maison de la Troisième Rue a dû être démolie pour faire place à un immeuble plus important et plus moderne, comme c'est le cas autour de Washington Square.

Dear François…

Cela me fait un drôle d'effet qu'elle m'appelle cher François. Je ne sais pas pourquoi mes mains se mettent à trembler légèrement, comme si cette lettre m'effrayait un peu.

Il y a quatre ans déjà, lors de ces fameux soixante-dix ans, j'ai décidé de devenir égoïste.

Sans doute n'y suis-je pas parvenu complètement. Je pense à Pat, à ce fils que je n'ai jamais vu que bébé, et je cherche des excuses pour retarder ma lecture.

J'espère que tu pourras lire ma lettre. Je n'en suis pas sûre, car mon écriture devient toujours pire. Depuis trois ans, ma main se met à trembler dès que je saisis une plume ou un crayon. Et, aujourd'hui, je suis couchée dans mon lit.

Pas mon vrai lit. Dans celui d'une salle de Bellevue où nous sommes vingt à nous épier, vingt femmes d'un certain âge qui, toutes, à certains moments de la nuit, se mettent à gémir. Moi aussi, malgré les piqûres.

Je ne sais pas des piqûres de quoi. Quand on lui pose des questions, l'infirmière sourit en hochant la tête. J'ignore aussi quelle maladie j'ai et de quelles maladies souffrent mes voisines.

En ce qui me concerne, il paraît qu'ils ne savent pas non plus, qu'ils cherchent toujours, depuis deux mois. Ils me font des tests.

On me conduit, sur un lit roulant, dans des locaux pleins d'appareils et on me passe aux rayons.

Je suis si maigre que je ne pèse pas plus qu'une gamine de dix ans. Il n'y a que mon ventre à enfler, comme s'il était plein d'air, et il m'arrive de penser qu'il ne fait plus partie de moi.

Voilà près de deux ans que j'ai commencé à maigrir ainsi et que j'ai des douleurs mais, au début, les crises étaient plus rares. Au début de l'été, j'étais si faible que j'ai dû quitter mon travail à l'Hôtel Victoria et rester toute la journée dans ma petite maison…

Est-ce la maison du Bronx où il a sonné en vain lors d'un voyage à New York ? Il ne connaît pas d'Hôtel Victoria. C'est probablement un meublé de troisième ou de quatrième ordre. Pat ne dit pas non plus quel emploi elle y tient.

Heureusement que le docteur Klein ne m'a pas lais-sée tomber. Il habite la même rue et il m'est arrivé de l'appeler par téléphone plusieurs nuits de suite telle-ment je souffrais.

Est-ce que je t'ai dit que Jester, mon mari, a été tué aux Philippines? Je touche une petite pension, mais pas de quoi payer quelqu'un pour me garder dans la maison. Comme je ne pouvais plus sortir et que j'étais la plupart du temps au lit, le docteur Klein m'a fait admettre à l'hôpital…

Elle doit avoir des mèches grises qui lui pendent sur le visage et j'essaie en vain d'imaginer, d'après les souvenirs que j'ai gardés d'elle, la Pat d'aujourd'hui. Je la revois à vingt ans, dans les revues de mode, parfois sur la couverture d'un magazine.

Je me demande si, dans la salle, nous avons toutes la même maladie. Presque chaque jour on en emmène une ou deux quelque part, peut-être pour des rayons. On ne se parle presque pas. Nous sommes dix d'un côté, dix lits pareils, avec dix autres lits en face.

Il y en a qui lisent, d'autres qui écoutent la radio aux heures où c'est permis. La plupart du temps, on se regarde.

Cinq de celles qui étaient ici à mon arrivée ont été remplacées.

— La vieille du troisième lit est morte? ai-je demandé à l'infirmière de nuit, plus bavarde que celle de jour.

— Je ne crois pas. Elle a dû rentrer dans sa famille…

— *Les autres aussi ?*

— *Quelles autres ?*

— *Les quatre autres qui ont disparu…*

— *Je ne suis pas au courant.*

On doit les emmener ailleurs pour mourir et, si nous nous épions les unes les autres, c'est que chacune se demande laquelle sera la prochaine à quitter la salle pour toujours…

Mais ce n'est pas pour me plaindre que je t'écris.

Quand je l'ai rencontrée dans la Troisième Rue, Pat avait déjà tendance à ne penser qu'à elle. Je m'en suis rendu compte par la suite, en particulier à Paris, qui n'a jamais été pour elle qu'un décor.

Quand elle a appris qu'elle était enceinte, elle m'a boudé pendant deux mois et je me demande encore pourquoi elle a emmené l'enfant aux États-Unis. Afin d'obtenir une pension alimentaire plus élevée ?

C'est possible. Dans ce cas, pourquoi, après la guerre, ne m'a-t-elle plus donné signe de vie ?

Je ne me rappelle pas si je t'ai écrit, il y a deux ou trois jours, pour te mettre au courant. Je sais que je voulais le faire, que j'avais ma lettre dans la tête. Je crois que je commence à perdre la mémoire. Malgré tout, je ne suis pas encore ce qu'on peut appeler une vieille femme.

Il y en a une, à ma droite, qui a quatre-vingt-huit ans et qui cherche toujours à se lever dès que l'infirmière s'absente. Deux fois, on l'a ramassée par terre au pied de son lit.

C'est au sujet de Donald. Il est mort, à quarante-deux ans, et, le plus troublant, c'est qu'on ignore pourquoi il a fait ça.

Il avait une gentille petite femme, Helen Petersen, qu'il a connue quand il travaillait à Philadelphie. Ils ont trois enfants. L'aîné des garçons, Bob, travaille au garage. Je crois qu'il a dans les vingt ans. Je ne sais plus.

Puis il y a Bill, encore au High School, et enfin la gamine, Dorothy, qui me ressemble quand j'étais jeune.

Ils auraient dû être heureux, malgré la jambe que Donald a perdue en Corée. Son caractère, depuis, n'était plus tout à fait le même mais il avait fini par s'habituer…

Comment m'imaginer ce fils que je n'ai vu que bébé? Tout un passé m'est soudain jeté à la figure et j'en ressens un véritable vertige.

Il avait une station-service avec cinq pompes, à Newark, dans le New Jersey. Il faut que je retrouve son adresse exacte, car tu pourras peut-être faire quelque chose…

Bon… J'ai mis la main sur mon carnet… C'est Jefferson Street, au 1061, à la sortie de Newark, juste avant la grand-route de Philadelphie.

Cela s'est passé la semaine dernière. Tout le monde était couché. Il s'est levé en disant à sa femme que, puisqu'il ne parvenait pas à s'endormir, autant en profiter pour aller mettre ses écritures en ordre…

Helen s'est rendormie. Quand elle s'est soudain réveillée en sentant la place froide à côté d'elle, il *était près de trois heures du matin. Elle est descendue comme elle était et elle l'a trouvé pendu dans l'atelier.*

Il n'a laissé aucun message. Personne ne sait rien. On l'a enterré lundi et je n'ai pas pu le conduire au cimetière.

D'après un comptable qu'Helen a fait venir, les affaires n'étaient pas bonnes et un jour ou l'autre Donald aurait dû revendre le garage, ce qui aurait à peine suffi à payer les dettes.

Vois-tu, il était trop bon, trop confiant. Il faut bien le dire aussi, il a toujours détesté faire des comptes.

J'espère que tu as plus de chance ainsi que tes enfants, si tu en as.

Je ferme les yeux un bon moment comme si je refusais d'accepter ces réalités nouvelles. Des existences se sont continuées à mon insu, des existences qui ont été intimement liées à la mienne. Je suis trois fois grand-père sans le savoir et si Pat n'était pas immobilisée sur un lit d'hôpital, il est probable que je l'ignorerais toujours.

Elle m'écrit, en somme, pour se raccrocher à quelque chose.

Elle a eu une vie terne, pénible. Elle a perdu son mari à la guerre et elle s'est mise au travail dans un hôtel. Pas aux écritures, car elle manque d'instruction. Sans doute comme femme de chambre, ou à la lingerie.

Mon fils aîné, qui a perdu une jambe en Corée, vient de se suicider, probablement à cause de l'état désespéré de ses affaires. Pourquoi ne m'a-t-il pas écrit ?

Je me demande ce que Pat lui a raconté quand il lui a demandé qui est son père et pourquoi il porte un nom français. Car il le lui a demandé tôt ou tard.

Lui a-t-elle dit que je suis mort? C'est improbable. Le hasard aurait pu l'amener à Paris, où on l'aurait renseigné sans peine. Il aurait également pu s'adresser au consulat de France.

Il ne m'a jamais donné signe de vie. Pour lui, comme pour sa mère jusqu'à ce qu'elle écrive la lettre que je tiens à la main, je n'existais pas. J'avais été effacé de leur univers.

Je n'ai pas de remords. Je suis plus accablé que je ne l'aurais pensé, sans parvenir pourtant à me sentir coupable.

Est-ce à cause de ma décision de devenir égoïste? Non. Même pas. Nous avons suivi des voies différentes et c'est eux qui m'ont rejeté.

Peut-être, continuait Pat, *pourras-tu les aider? Je sais bien que tu ne les connais pas, que ce sont des étrangers pour toi, mais les enfants sont quand même tes petits-enfants…*

Cela non plus, je ne le sens pas.

Je connais Helen. Elle est trop fière pour te demander quoi que ce soit et j'ignore comment elle compte s'en tirer.

Je m'y suis reprise à plusieurs fois pour t'écrire et j'ai failli chaque fois déchirer ma lettre.

C'est comme si je mendiais. J'ai honte. Tu n'es pas obligé de m'écrire mais je te demande en grâce de faire quelque chose pour Helen et les enfants…

Je suis arrivé au bout de la lettre. Il ne reste qu'un mot au-dessus de la signature.

Sincerely.

C'est inattendu. Elle a été ma femme. Nous avons partagé nos enthousiasmes, vécu, pleins de jeunesse, les folles nuits de New York et de Paris.

Nous avions un fils…

Et, à la fin de cette lettre à l'écriture tremblée, elle ne trouve que la formule la plus banale, celle qu'on utilise dans les lettres d'affaires.

Sincèrement !

Je regarde ma montre qui marque neuf heures et demie. À New York, il est trois heures et demie du matin. Je ne peux rien faire, qu'attendre midi, pour appeler, chez lui, notre correspondant Eddie Parker.

Je n'ai personne à avertir. Peu de gens savent que j'avais un fils aux États-Unis. Il n'y a guère que Jeanne Laurent à être au courant et même à avoir connu Pat car, un soir, je les ai fait dîner ensemble.

Dès l'annonce du divorce, nous nous sommes mariés, Jeanne et moi. Je recherche la date dans ma mémoire. Cela devait être en 1928. Je venais d'obtenir le second étage de l'immeuble, ainsi que les mansardes. Il me restait à meubler toutes ces pièces dont je ne savais pas trop que faire.

Je viens de citer un chiffre inexact. C'est bien en 1928 que j'ai rencontré Jeanne Laurent, mais ce n'est qu'en 1930 que je l'ai épousée. J'avais trente-six ans et elle vingt-quatre. Elle était très intelligente et l'étendue de ses connaissances m'étonnait toujours. À cette époque, elle tenait une rubrique de cinéma.

Notre premier fils, Jacques, est né l'année suivante puis, en 1933, nous en avons eu un second, Jean-Luc.

Jeanne continuait à travailler et, à mesure que le temps passait, elle reprenait de plus en plus son indépendance, fréquentant des milieux plus jeunes, plus intellectuels que le mien.

Lorsque j'ai acheté notre villa, à trois kilomètres de Deauville, par exemple, elle n'a manifesté aucun plaisir.

— Au fond, tu es snob, n'est-ce pas?

Je ne crois pas être snob, ni l'avoir jamais été. Grâce à un flair que je ne m'explique pas, j'ai gagné beaucoup d'argent. Même la dépression américaine m'a, en fin de compte, été favorable, car je l'avais sentie venir et j'avais pris mes précautions.

Il me semblait naturel d'acheter des chevaux de course et d'avoir des écuries à Maisons-Laffitte. En jaquette et en haut-de-forme gris, j'avais droit à la tribune des propriétaires.

Je n'appelle pas cela du snobisme. Non plus que le fait de jouer gros jeu au privé de Deauville, ce qui m'amusait.

C'était drôle, sans plus. Traditionnellement, j'aurais dû reprendre l'affaire de mon père, gros négociant en vins à Mâcon. Je suis l'aîné des fils et la maison, fondée en 1812, a toujours passé à l'aîné des garçons.

Nous habitions, quai Lamartine, une vaste bâtisse bourgeoise imprégnée, de la cave au grenier, de l'odeur du vin. Les meubles, anciens mais sans grâce, étaient toujours astiqués, ainsi que les cuivres et les étains.

Ma mère, en tablier de cotonnette, dirigeait les trois servantes et se mettait souvent au fourneau.

Je revois la façade peinte en blanc, repeinte chaque année, le bureau sombre de mon père, qui donnait sur la cour encombrée de barriques et sur les chais.

Mon frère Léon, plus jeune que moi de trois ans, a pris ma place quand je suis venu à Paris, et c'est son fils Julien, qui doit avoir un peu plus de quarante ans, qui est aujourd'hui à la tête de l'affaire.

Tout à l'heure encore, je me sentais seul dans mon studio du second étage où je lisais les journaux et voilà qu'à cause d'une lettre je découvre que des fils invisibles continuent à me rattacher à des tas de gens.

Un de mes enfants, le premier, que je n'ai pour ainsi dire jamais vu, vient de se pendre dans un garage du New Jersey !

Je suis entré dans le bureau de Gabillard, le directeur, et il a froncé les sourcils devant mon air grave.

— Une mauvaise nouvelle ?

— Oui. Mon fils est mort.

— Lequel ?

— Un que vous ne connaissez pas et qui habitait les États-Unis… Il s'est pendu…

Je l'ai fait exprès, pour choquer Gabillard.

— Vous avez le numéro de téléphone privé d'Eddie Parker ?

Il a pressé un bouton pour appeler sa secrétaire, Mlle Solange, à qui il m'arrive de dicter du courrier.

— Vous avez le numéro de téléphone privé d'Eddie Parker ?

— Certainement. Je vous l'apporte tout de suite…

Pendant son absence, je continue, comme par défi :

— Ma première femme est à l'hôpital…

— À Paris ?

— À New York.

— Elle est âgée ?

— Soixante-deux ou soixante-trois ans.

— C'est grave ?

— Probablement un cancer…

Tout cela avec calme, comme si j'énonçais des faits, sans plus. Pourtant, il y a au fond de moi-même quelque chose qui ressemble à de la détresse.

C'est tout un pan de ma vie qui sombre dans un gâchis que j'ai été impuissant à éviter.

Quand la secrétaire revient et me tend une carte avec un numéro de téléphone, je lui demande :

— Cela vous ennuierait de m'attendre, à midi ? Je pourrais être quelques minutes en retard… Il faut que je parle à Eddie Parker…

J'ai toujours été incapable de demander une communication téléphonique. Plus exactement, cela m'irrite.

En quelle année avons-nous divorcé, Jeanne et moi ? C'était après la guerre, dans le courant de 1945. La guerre nous avait encore séparés davantage, car Jeanne s'était lancée dans la Résistance. Je l'avais ignoré pendant près de trois ans et je m'étonnais de ses fréquents voyages en province, malgré les difficultés du moment, alors qu'auparavant elle voyageait peu.

Un jour, je l'ai surprise montant vers les mansardes, un paquet à la main.

— Où vas-tu ?

Elle a sursauté, puis s'est résignée.

31

— Attends-moi dans ton studio. Je reviens…

Elle m'a tout avoué, y compris que deux hommes que je ne connaissais pas vivaient depuis plusieurs mois sous mon toit.

— Tu m'en veux ?

— Non.

C'était vrai. J'étais assez content de lui savoir cette activité.

— Je pourrai de temps en temps te demander de l'argent ?

— Je t'en donnerai volontiers…

Il n'y avait plus d'amour entre nous, mais de l'estime et, je pense, une véritable amitié.

Lui arrivait-il d'avoir des rapports plus intimes avec ceux avec qui elle travaillait de la sorte ? Je n'ai pas cherché à le savoir. Je ne lui ai pas posé la question. Je suis certain qu'elle m'aurait répondu sans honte.

Les chambres étaient presque toutes occupées à cette époque. Mes fils avaient quinze et douze ans. Nous avions une gouvernante d'une tête plus grande que moi, que Jeanne a emmenée avec elle lorsque nous avons convenu de divorcer.

Nous nous rendions mutuellement notre liberté. Elle reprenait son nom de jeune fille, dont elle avait toujours signé ses articles, et elle s'installait dans un appartement du boulevard Raspail.

Elle y habite encore. C'est là que je lui ai téléphoné une fois rentré dans mon bureau.

— Mme Laurent est-elle chez elle ?

— Non, monsieur. Vous la trouverez au journal…

Elle dirige à présent un magazine, rue François-Ier. Elle a vieilli, elle aussi. Tout le monde, autour de moi, a vieilli et j'ai du mal à croire que je suis dans le même cas, que je suis en réalité le plus vieux de tous.

— Jeanne ? Ici…

— François. Je reconnais ta voix. Je voulais justement te téléphoner un de ces soirs.

— Pourquoi ?

— Pour te demander un rendez-vous… J'aimerais bavarder avec toi… Comme je ne connais pas encore mon emploi du temps la semaine prochaine, je te rappellerai… Tu as quelque chose à me dire ?…

— Donald est mort. Il s'est pendu dans l'atelier de mécanique qu'il tenait à Newark, dans le New Jersey…

— Je connais Newark…

Elle a voyagé davantage que moi.

— C'est sa femme qui t'a écrit ?

— Non… C'est Pat…

— Qu'est-elle devenue ? Cela a dû te faire un drôle d'effet d'avoir de ses nouvelles après si longtemps…

— Elle est au Bellevue Hospital, dans une salle de vingt malades, et j'ai tout lieu de croire qu'elle est atteinte d'un cancer…

Il y a un silence.

— Je suis triste pour toi, François… Ces deux nouvelles d'un seul coup… Donald avait des enfants ?

— Trois…

— Tu vas t'en occuper ?

— Avant tout, je vais leur envoyer notre correspondant à New York…

Cette phrase illustre assez bien la différence entre le caractère de Jeanne et le mien. À ma place, elle se serait précipitée vers Orly et aurait pris le premier avion pour New York.

À quoi bon? Helen, la femme de Donald, ne me connaît pas et peut-être ne lui a-t-il jamais parlé de moi. Mes petits-enfants m'ignorent sûrement. Quant à Pat, que pourrais-je lui dire, dans une salle d'hôpital?

— Je ne sais pas pourquoi j'ai éprouvé le besoin de t'appeler…

— Tu as bien fait… Ne te laisse pas trop abattre… Je te téléphonerai dans quelques jours…

— D'accord…

Il n'est que dix heures du matin et je descends pour pénétrer dans la voiture dont Émile tient la portière ouverte. À l'intérieur, il règne une bonne odeur de cuir.

— Au club? demande-t-il.

— Au club, oui…

Le Nouveau Club, avenue Hoche. J'ignore pourquoi on l'appelle ainsi. Sans doute existait-il un autre club autrefois et une scission s'est-elle produite?

Je gagne d'abord les vestiaires, au second étage, et me mets en tenue pour ma demi-heure de culture physique. Nous ne sommes que quatre ou cinq dans la salle encombrée d'appareils et, sur un ring, deux hommes d'une quarantaine d'années s'entraînent à la boxe sous le regard critique du professeur.

Je demande à René, mon masseur :

— Vous êtes libre?

— Oui, monsieur François…

Il ne m'appelle jamais Perret-Latour. Cela doit lui paraître trop compliqué. En outre, il me connaît depuis vingt ans.

Me travaillant durement le corps, il manque rarement de me féliciter.

— Vous, au moins, vous ne laissez pas vos chairs s'amollir…

C'était gentil de sa part. Je n'en garde pas moins mes soixante-quatorze ans.

— Vous descendez à la piscine ?

— Juste pour un plongeon.

L'ascenseur me conduit au sous-sol où la piscine a été aménagée. Ce matin, je suis seul dans l'eau. Je nage pendant une dizaine de minutes puis je monte me rhabiller.

À midi, je suis de retour place Vendôme et j'appelle Mlle Solange dans mon bureau.

— Voulez-vous demander New York ? Parker sera furieux d'être réveillé à six heures du matin. Vous savez s'il est marié ?

— En tout cas, il l'a été…

— Tant pis… Appelez quand même…

Et j'attends, la lettre de Pat devant moi.

2

— Eddie ? ai-je demandé d'une voix douce, afin d'atténuer sa réaction.

Et, comme je m'y attendais, c'est une voix furieuse, un peu enrouée, qui a fait vibrer l'appareil.

— God ! Who can be crazy enough to call *me* at six in the morning ?

Il a souligné le *me* comme si, parmi les douze millions de New-Yorkais, il était bien le dernier qu'on puisse déranger de si bonne heure.

« Dieu ! Qui peut être assez fou pour m'appeler à six heures du matin ? »

Il mesure un mètre quatre-vingt-dix et a des épaules de lutteur. À côté de lui, je suis un petit homme mince et frêle.

— François ! ai-je répondu avec la même douceur.

Et, comme il ne paraissait pas comprendre tout de suite, j'ajoutai :

— Perret-Latour...

— Vous êtes à New York ?

— À Paris...

Il dut comprendre que, si je le réveillais si tôt, c'est que j'avais une raison importante.

— I am sorry…

Il passe avec aisance, comme moi, de l'anglais au français et du français à l'anglais. Il est né à Paris, au temps où son père était ambassadeur des États-Unis, et il a fait une partie de ses études en France.

Quel âge peut-il avoir? Quarante-cinq ans? Quarante-huit? C'est une manie, chez moi, depuis quelques années, de m'interroger sur l'âge des gens et d'y attacher de l'importance.

Eddie Parker est stockbroker, ce qui équivaut à peu près à un agent de change de chez nous. Il manie chaque jour des millions de dollars, beaucoup plus que ma petite banque privée. Cela m'étonne toujours de voir des gens aussi jeunes que lui prendre de telles responsabilités.

J'ai tendance à oublier que je n'avais que trente-trois ans quand je me suis installé place Vendôme. Encore ai-je perdu quatre ans à faire la guerre, entre 1914 et 1918, dont près de trois ans dans l'aviation de chasse.

Cela me paraît drôle, à présent que je ne conduis même plus une voiture, d'avoir été aviateur.

— Je m'excuse aussi, Eddie, mais j'ai besoin de vous parler le plus tôt possible…

— Je me suis couché à deux heures du matin après avoir dansé une partie de la soirée…

Est-ce pour m'indiquer qu'il n'est pas seul? Je n'en suis pas sûr mais il me semble bien qu'il a divorcé voilà quelques années. La dernière fois qu'il est venu à Paris, il était seul. J'ai rencontré sa femme à New York, une petite brune très pétillante qui ne tenait pas en place et avec qui il était impossible d'avoir une conversation suivie.

C'est avec une autre femme qu'il a dû danser et qu'il passe la nuit.

— Je ne sais pas si elle comprend le français mais, si c'est confidentiel, il vaut mieux que je passe dans une autre pièce…

Il habite Park Avenue et sa passion est la navigation à voile. Après des bruits divers dans l'appareil, sa voix, plus posée, se fait à nouveau entendre.

— Vous permettez que j'allume une cigarette?…

J'entends même le craquement de l'allumette.

— Vous vous souvenez de Pat?

— Je ne l'ai jamais rencontrée, mais on m'en a parlé…

J'oubliais qu'au temps de Pat je ne le connaissais pas encore.

— Je viens d'avoir de ses nouvelles après plus de trente ans…

— Vous aviez un fils, non?

— Oui… Écoutez, Eddie, je devrais sans doute me précipiter à New York, mais j'avoue que je n'en ai pas le courage. Ma première femme est à Bellevue Hospital, dans une salle commune…

— C'est grave?

— Les médecins ne lui disent rien et je crois comprendre qu'il s'agit d'un vilain cancer… Je crois aussi qu'elle n'a pas d'argent… Les derniers temps, elle vivait seule dans une petite maison du Bronx et elle travaillait dans un hôtel… Vous connaissez l'Hôtel Victoria?

— Je crois avoir vu ça dans West Side, du côté des docks…

— Son second mari a été tué à la guerre… Elle touche une petite pension… Je voudrais que vous alliez à Bellevue et que vous ayez un entretien avec le médecin qui s'occupe d'elle… Vous la verrez aussi… Vous la ferez installer dans une chambre privée, avec une garde personnelle, et vous lui donnerez l'argent dont elle a besoin, cinq mille, dix mille dollars, je ne sais pas…

— Compris… Et votre fils ?…

— Ce matin, je ne savais rien de lui… Le divorce prononcé, j'ai été rayé de leur vie… On acceptait mes chèques sans m'en accuser réception… Pendant la guerre, il était impossible d'en envoyer de France et quand, tout de suite après, j'en ai envoyé à nouveau, ils m'ont été retournés dans leur enveloppe intacte…

— Qu'est-ce que le garçon est devenu ?

— Il s'est pendu la semaine dernière…

— Je suis navré, François…

— Je ne le connaissais pas… Il était marié… Vous avez de quoi écrire ?… Notez l'adresse : 1061, Jefferson Street, à Newark… C'est une station-service à la sortie de la ville en direction de Philadelphie…

» Outre sa femme, Donald laisse trois enfants… Il semble qu'il ait fait de mauvaises affaires et qu'il était à la veille d'une saisie…

— Je comprends… Vous voulez que j'aille là-bas aussi pour arranger les choses…

— Oui, Eddie…

— Pas de plafond ?

— Non… Il faut payer les dettes, voir de combien la femme et les enfants ont besoin… L'aîné travaillait avec son père… J'ignore s'il est capable de reprendre l'affaire…

— Je peux parler de vous ?

— Il le faut bien. Autrement, ils ne comprendraient pas et, de toute façon, Pat leur dira qu'elle m'a écrit…

— Well, François… Ce sera fait… Je vous rappelle dans quelques heures…

Pas de condoléances. Ce n'est pas le genre d'Eddie Parker et ce n'est pas ce que j'attends non plus.

— Je vous remercie, mademoiselle Solange. Je m'excuse de vous avoir retenue. Je croyais que vous étiez partie après m'avoir passé la communication…

— Vous auriez pu avoir besoin de moi…

Il me semble qu'elle rougit un peu, comme si cela l'impressionnait de se trouver seule avec moi dans les bureaux déserts. J'ai tendance, avec les femmes, à oublier mon âge. Pendant longtemps, elles m'ont gâté et je me suis habitué à une certaine facilité. Mais maintenant que je suis un vieil homme ?

— Bon appétit.

— Vous aussi, monsieur François…

Je suis monté chez moi où, presque tout de suite, on m'a annoncé que le déjeuner était servi. Voilà longtemps que je suis seul à table. Je n'en profite pas pour lire, comme beaucoup de solitaires. Je regarde autour de moi, mes tableaux, par exemple, dont un Cézanne et de nombreux fauves, quelques surréalistes aussi, comme Magritte, que j'ai achetés alors qu'on ne songeait pas à spéculer sur leurs œuvres.

En somme, j'ai passé une bonne partie de ma vie à m'entourer de choses qui me plaisent et j'en ai tiré, j'en tire encore, de vraies joies. La place Vendôme m'enchante autant que quand je m'y suis installé et je la connais à toutes les heures de la journée et de la nuit, sous toutes les lumières.

Il pleut toujours, la même pluie invisible, qui donne l'impression d'un verre embué entre mes yeux et le paysage. Des autos passent, des piétons.

Mme Daven me sert et il nous arrive de conserver pendant mes repas. C'est toujours à moi de commencer tandis qu'elle va et vient discrètement.

— J'ai eu une mauvaise matinée, madame Daven…

Pour rien au monde elle ne laisserait à Rose, la femme de chambre, le soin de me servir. J'ai eu un maître d'hôtel, à l'époque où je recevais beaucoup, mais, une fois que je me suis retrouvé seul, je m'en suis débarrassé.

Autant que je sache, Mme Daven a environ quarante ans et je ne sais à peu près rien de son passé. C'est une agence de placement qui me l'a chaudement recommandée mais elle ne m'a montré aucun certificat. Je suppose qu'elle est veuve. Elle ne parle jamais de son mari, ni de la vie qu'elle a menée avant la place Vendôme.

Elle s'est occupée de moi tout naturellement, comme si c'était son rôle. Lorsque j'ai fait une pneumonie, il y a quatre ans, elle m'a soigné avec tant d'intelligence que Candille en a été frappé.

— Vous avez été infirmière? lui a-t-il demandé devant moi.

Elle s'est contentée de répondre :

— Il m'est arrivé de prendre soin de malades…

Elle ne s'est pas expliquée davantage. Est-ce dans sa famille ? Dans un hôpital ou une clinique ?

Nos rapports sont confiants. Je sens que sa vie est chez moi, qu'il n'existe plus rien, pour elle, en dehors de la maison.

— Ma première femme est très malade à New York et un fils que j'ai eu d'elle s'est pendu la semaine dernière...

— Vous en souffrez ?

On dirait qu'elle me devine. Non, je n'en souffre pas à proprement parler. J'en suis atterré, certes. Plutôt stupéfié. Chacun ne s'imagine-t-il pas que la vie va continuer sans changement ?

— Quand avez-vous vu votre première femme pour la dernière fois ?

— En 1928...

C'est la seule Pat que je connais, celle d'alors, jeune et joyeuse.

— Elle vous a quitté ?

Mme Daven pose ses questions si simplement qu'elles ne paraissent pas indiscrètes.

— Oui... Elle a prétexté un séjour de quelques semaines aux États-Unis... Elle ne s'habituait pas à Paris... Mon fils n'était qu'un bébé... Plus tard, j'ai appris qu'elle avait demandé et obtenu le divorce...

— Vous avez quand même des remords, n'est-ce pas ?

Tout à l'heure, j'étais persuadé que je n'en avais pas, que j'avais toujours fait ce que je devais faire. Comment a-t-elle deviné ? C'est vrai que, depuis que j'ai lu cette lettre d'une écriture dramatique, je me sens un poids sur la poitrine. J'ai téléphoné à Eddie, que j'ai éveillé à six heures du matin. Une fois de plus, je suis en train d'accomplir mon devoir.

Cela ne suffit pas à me donner bonne conscience. Dieu sait s'il s'agit d'un lointain passé et si j'ai toutes les raisons pour en vouloir à Pat.

Je la vois vieille femme, squelettique, le ventre enflé, semblable à la pauvresse qui a longtemps vendu des violettes sur le trottoir de la rue de Castiglione.

J'ai oublié les traits de Pat. Il doit exister des photos quelque part, je ne sais pas où. Il faudra que je demande à Mlle Solange. Il n'y a qu'une dizaine d'années qu'elle est à la banque et, s'il lui arrive de travailler pour moi, elle n'est plus ma secrétaire particulière. L'ancienne, Pauline, avec qui il m'arrivait de faire l'amour dans mon bureau, s'est mariée et vit au Maroc. C'est elle qui a classé ces photos.

À quoi bon?

On croirait que Mme Daven va et vient plus lentement que d'habitude, sans le moindre bruit, comme s'il y avait un deuil dans la maison.

— Nos actes nous suivent... dis-je, non sans amertume.

Et, comme elle me regarde avec surprise, j'ajoute:

— Je ne sais plus qui a dit ça. Ce n'est pas de moi. La phrase m'a frappé il y a longtemps et je m'aperçois toujours davantage de sa vérité...

— Vous pourriez aussi bien dire que chacun suit son destin, qu'il le veuille ou non...

C'est mon tour de la regarder. Elle a beaucoup lu, je l'ai compris à certaines de nos conversations, en particulier des ouvrages que peu de femmes connaissent, en dehors des universitaires. Elle semble avoir beaucoup voyagé aussi et être descendue dans de grands hôtels, que ce soit sur la Côte d'Azur, en Italie, en Grèce ou en Angleterre.

Il est probable que nos chemins se sont croisés. Pourquoi, un beau jour, s'est-elle présentée à une agence de placement ? Elle aurait pu trouver du travail dans un bureau, dans une maison de commerce. Je demandais une femme de chambre ayant de l'initiative et je ne pensais pas à une gouvernante. Elle ne l'est devenue que peu à peu, tandis que Rose ne s'occupait plus que du ménage et des femmes en journée.

— Vous comptez vous rendre aux États-Unis ?

J'ai essayé de déchiffrer sa vraie pensée sur son visage.

— Non, ai-je fini par avouer. Je n'en ai pas le courage. Mon correspondant à New York va faire le nécessaire et me tiendra au courant…

Elle me juge, c'est certain. Il est pratiquement impossible de vivre en contact permanent avec quelqu'un sans juger ses faits et gestes.

M'approuve-t-elle ? Me trouve-t-elle le cœur dur qu'on attribue volontiers aux banquiers ?

Elle doit savoir que l'argent ne m'intéresse pas en lui-même. Certes, je me suis habitué à un certain luxe, à une certaine liberté d'action que seule la fortune peut donner. Il ne m'en est pas moins arrivé plusieurs fois de souhaiter ne pas en avoir.

Chez nous, à Mâcon, la vie était confortable, mais d'une simplicité provinciale que j'ai souvent regrettée. Tout était chaud, réconfortant. La maisonnée formait un tout et on ne se trouvait jamais seul.

Peut-être n'est-ce vrai que dans mes souvenirs ? Mon père buvait beaucoup. Son métier le voulait, mais, les dernières années surtout, il exagérait et le soir, à table, il nous regardait avec des yeux troubles, nous parlait d'une voix pâteuse, répétant par le menu ce qu'il nous avait dit à midi.

Devenu très gros, il marchait les jambes un peu écartées, le ventre en avant.

Je n'ai jamais entendu ma mère lui adresser une observation à ce sujet. Il était l'homme, le chef de famille. Pour nous aussi. Je ne suis pas moins parti au lieu de me préparer à prendre sa place à la tête de la maison.

Pourquoi cette époque me paraît-elle meilleure que les suivantes ? À cause d'une certaine paix qui régnait chez nous et sur la ville ?

La Saône coulait paisiblement sous nos fenêtres et les péniches étaient encore tirées par des chevaux. Certaines s'amarraient devant la maison et on les chargeait de barriques qu'on roulait à travers la rue. Les autos étaient rares. Il y avait un maréchal-ferrant à cent mètres du portail.

Ce n'est pas pour l'argent que je suis venu à Paris. Ce n'était pas une fuite non plus. Est-ce que Pat a fui ? Je parierais qu'en quittant la France avec Donald elle ignorait qu'elle irait à Reno demander le divorce.

J'aurais pu être pauvre. Mais, alors, vraiment pauvre. Ce que j'aurais supporté le moins, c'est la médiocrité, une certaine forme de médiocrité qui s'accompagne presque toujours de la laideur du décor.

— Vous ferez la sieste ?

Elle n'ignore pas que je la fais chaque jour. Elle ne m'en pose pas moins la question comme si ce n'était pas nécessairement un fait acquis. Et, en effet, ce n'est pas un besoin. Je ne la faisais pas il y a quatre ans encore, quand je dirigeais personnellement la banque.

Je ne dors pas toujours. C'est plutôt un repliement sur moi-même, une mise en veilleuse. Petit à petit, les images se brouillent dans ma tête, des souvenirs me reviennent, certains inattendus, presque tous imprécis, et je ne sais jamais ce qui va ainsi remonter à la surface.

Je ne me déshabille pas et on n'ouvre pas le lit. Cela me donnerait l'impression d'être malade. Ou mort. Quand je suis ainsi couché sur le dos, les mains jointes sur la poitrine, il m'arrive de me voir mort, d'imaginer les cierges, le brin de buis dans l'eau bénite, des chuchotements à l'entour. Je m'empresse alors de dénouer mes doigts.

— Bonne sieste, monsieur... me dit-elle en refermant la porte avec douceur.

Et je suis seul.

Je me demande si je n'ai pas toujours été seul. J'ai été marié trois fois et, chaque fois, j'y ai cru, chaque fois j'étais sincère. J'ai trois enfants, ou plutôt j'avais trois enfants, puisque l'un d'eux vient de mourir. J'ai aussi des petits-enfants, aussi bien à Paris que dans le New Jersey.

Pat est seule sur son lit d'hôpital, à épier des étrangères qui l'épient de leur côté, chacune cherchant à savoir si les autres souffrent autant qu'elle-même.

J'aimerais que Candille vienne ce soir. Il vient de temps en temps dîner avec moi et nous passons la soirée à bavarder en sautant paresseusement d'une idée à l'autre. Il ne rencontre au cours de ses journées que des malades. On pourrait penser qu'il s'y est habitué.

— Je ne crois pas que beaucoup d'entre nous s'habituent vraiment, m'a-t-il avoué un soir qu'il venait d'être appelé chez un patient. Savoir que l'homme ou la femme qu'on quitte et qui vous remercie en souriant n'en a que pour quelques semaines ou quelques jours à vivre et que, la plupart du temps, l'existence de tout un groupe humain, de toute une famille, va s'en trouver transformée…

Qu'est-ce qui sera transformé, après moi ? Qui reprendra la banque ? Des étrangers. Un groupe financier quelconque. Ou bien on décidera d'une fusion avec une banque plus importante, comme c'est la tendance à présent.

Les deux fils que j'ai eus avec Jeanne Laurent n'ont marqué aucune disposition pour travailler avec moi. Ils se sont même éloignés volontairement, comme je me suis éloigné jadis de Mâcon.

Tout au moins ai-je laissé un frère pour continuer l'affaire de vins. Et le fils de mon frère, à son tour…

Les rideaux sont fermés. Je suis dans l'obscurité, les paupières closes, et les bruits de la place Vendôme commencent à s'estomper.

Je ne dors pas, mais presque. Pourquoi m'a-t-elle demandé si j'avais des remords ? Je parle de Mme Daven. Comme on meurt d'habitude la nuit ou au petit jour, il y a toutes les chances pour que ce soit elle qui me ferme les yeux. Est-ce elle aussi qui fera ma toilette ? C'est probable et c'est ce que je déteste le plus dans la mort. On devrait pouvoir partir proprement.

Dans sa lettre, Pat me dit qu'on les emmène avant qu'elles ne meurent. Il doit donc y avoir, dans les hôpitaux, une chambre à mourir. Puis on les descend dans une sorte de morgue et on désinfecte la literie.

À cette heure-ci, Eddie est en route pour Bellevue. C'est un homme plein de vie, joyeux, énergique. Il ne se doute pas qu'un jour il commencera à avoir des bobos, de petites douleurs à peine perceptibles ici et là.

On hésite à consulter un médecin. On s'y décide enfin et on attend avec angoisse son verdict tandis qu'il vous examine.

— C'est moins que rien...

C'est toujours moins que rien, au début. Pat a commencé par maigrir et par se sentir plus fatiguée après sa journée de travail.

Des sonnettes d'alarme se mettent à sonner de plus en plus fréquemment et le médecin, pour vous tromper, vous questionne avec une bonne humeur appuyée.

En suis-je là? Je suis à peu près sûr que non. J'ai bon appétit. Je digère parfaitement. Mes nuits sont presque toujours paisibles.

Je vais au club chaque matin et je fais consciencieusement ma demi-heure de culture physique avant que René me masse, après quoi j'ai encore l'énergie de nager.

Jacques, l'aîné de mes fils, n'en fait pas autant. Il lui arrive de ne pas quitter de toute la journée sa galerie de la rue Jacob. Je le vois rarement. Il n'éprouve pas le besoin d'un contact avec moi, sinon quand il est dans l'embarras.

J'allais dire que c'est un parfait égoïste et, au même instant, je pense à mes dix-sept ans, à mon arrivée à Paris, aux rares lettres que j'ai envoyées à mes parents.

Pendant la guerre de 1914, lors de mes permissions, je ne me donnais pas la peine de descendre jusqu'à Mâcon, préférant mener joyeuse vie pendant quelques jours à Paris.

Je n'en parle jamais. Cela paraît ridicule. J'ai horreur des gens qui se gargarisent de leur guerre.

Tout ce que je veux dire, c'est que j'ai eu de la chance. Comme mes camarades, j'ai accompli un certain nombre de missions et abattu quelques avions allemands. Or, je suis un des rares de mon escadrille à n'avoir été ni tué ni blessé. Une fois, j'ai été forcé d'atterrir au-delà des lignes ennemies et je m'en suis sorti sans être fait prisonnier...

J'ai chaud. Je repousse l'image d'une Pat qui ressemble de plus en plus à la pauvresse de la rue de Castiglione et je m'efforce de ne plus penser à rien.

Peut-être ai-je eu tort de quitter mon poste à la tête de la banque ?

Je n'ai pas téléphoné au docteur Candille pour lui demander de passer la soirée avec moi. Je le ferai demain ou un autre jour, quand je serai d'humeur moins sombre.

L'après-midi a été désagréable. Une mauvaise sieste d'abord, avec un véritable cauchemar alors que je n'étais pas tout à fait endormi.

Quand Mme Daven a ouvert les rideaux et m'a tendu ma tasse de café, je ne l'ai pas dégustée comme d'habitude. Je l'ai bue machinalement, sans satisfaction.

— Personne ne m'a demandé au téléphone?

— Non, monsieur…

C'était d'ailleurs impossible. Il fallait laisser le temps à Parker d'aller à Bellevue, d'abord, ensuite à Newark, dans le New Jersey.

J'ai troqué ma robe de chambre contre mon veston et je suis descendu à la salle des télex où, en plus de Justin Roy, chargé de la Bourse, deux ou trois clients, dans leur fauteuil, prenaient silencieusement des notes.

Je me suis assis et j'ai regardé comme eux les chiffres qui s'inscrivaient sur les bandes de papier blanc.

Un malaise pesait sur mes épaules, comme un pressentiment. Tout à l'heure, alors que je cherchais le sommeil, immobile sur mon lit, il m'a semblé que la maladie de Pat, le suicide de Donald, n'étaient que le commencement d'une série.

Je ne suis pas superstitieux mais, pour les questions financières, comme pour les cartes, mes intuitions m'ont rarement trompé. Autrement, la Banque Perret-Latour n'existerait pas.

Dois-je croire que cette intuition joue aussi en ce qui concerne ma vie privée? Peut-être? Je ne sais pas. Je préfère ne pas savoir.

Pourquoi une série, tout à coup? Et qui serait la prochaine victime, en attendant qu'arrive mon tour?

Je ne veux pas y penser. Je regarde les chiffres avec plus d'attention et je joue à deviner ceux qui vont s'inscrire. Je gagne presque à tout coup.

À cinq heures, je retourne dans mon bureau et je demande à Mlle Solange s'il n'y a pas eu d'appel de New York. Il pleut toujours et maintenant c'est de la vraie pluie qui met des hachures devant les pierres grises des maisons. La colonne, au milieu de la place, est d'un noir luisant. Il fait si sombre que je dois allumer les lampes comme on l'a fait dans les magasins de la place.

Je lis les journaux de l'après-midi. Je fume le double de cigarettes que d'habitude. Ce n'est que le soir, après le dîner, que de temps en temps je fume un cigare, toujours dans mon fauteuil, comme si c'était une récompense que je m'accordais.

Cela date sans doute de mon enfance, des boîtes de cigares, trois ou quatre, qui s'empilaient sur la cheminée du salon et que mon père n'ouvrait que quand nous avions des invités ou un gros client.

À six heures, je calcule qu'il est midi à New York. La porte de la banque est fermée depuis quatre heures mais le personnel n'en a pas moins continué à travailler jusqu'à présent. Je vois Mlle Solange en imperméable beige, un chapeau beige sur la tête.

— Vous n'avez plus besoin de moi ?

— Non, merci, mon petit. Bonsoir…

Où va-t-elle ? Quelle est sa vie privée ? Je n'en ai pas la moindre idée. Je me suis souvent posé la question quand je dirigeais la banque et que je connaissais tous les employés. Plus exactement, je les connaissais au bureau, où ils passaient le tiers environ de leur temps.

C'est sur ce tiers-là que je les jugeais. Je crois que pour certains d'entre eux, surtout les chefs de service, c'était le tiers qui comptait le plus et que, chez eux, ils ne retrouvaient qu'une grisaille pleine de petits tracas, sans autorité ni prestige.

Nous bavardons quelques minutes, Gabillard et moi. C'est un bon directeur. Il est assez jeune et il pourra rester encore longtemps à son poste. Il ne soupçonne pas que je l'envie.

Je mets mes pensées, mes états d'âme bout à bout, dans le désordre, comme ils me sont venus. J'ai pensé des choses ridicules, comme celles que je viens d'écrire. Je n'ai aucune raison d'envier Gabillard et je ne l'envie pas réellement.

C'est une pensée à peine formée, comme il en vient quand on est déprimé. Si j'enviais Gabillard à cause de son âge et du temps qu'il lui reste à vivre, il n'y aurait pas de raison que je n'envie pas plutôt un bébé de quelques jours.

J'ai eu la chance de réaliser dans ma vie à peu près tout ce que j'ai entrepris. Jusqu'ici, j'ai été exempt de la plupart des maux moraux ou physiques qui frappent la plupart des hommes.

Cela signifie-t-il que je voudrais recommencer ? Ce n'est pas la première fois que j'y pense et chaque fois la réponse a été non. Ni en tout, ni en partie. Pour chaque époque, je trouve, avec le recul, quelque chose de gênant, d'inachevé.

J'ai souvent honte de l'homme que j'ai été à tel ou tel moment.

Alors, pourquoi me plaindre ? D'ailleurs, je ne me plains pas. Je me suis laissé impressionner plus que je ne l'aurais pensé par les nouvelles d'Amérique et j'ai hâte d'en avoir fini avec ce souci. C'est pour cela, sans doute, que j'attends le coup de téléphone d'Eddie avec tant d'impatience.

Je reste seul dans les bureaux jusqu'à sept heures et c'est moi qui éteins les dernières lumières, ferme la double porte après m'être assuré que le système d'alarme est branché.

Nous n'avons même jamais eu la moindre tentative de vol ! Ni d'employé malhonnête !

Au second étage, j'entre au salon où je me promène les mains derrière le dos. Il est très vaste. J'y ai donné des réceptions de deux cents personnes.

On installait alors le buffet sous la grande toile de Picasso que j'ai achetée tout de suite après la guerre. Elle est moins célèbre que *les Demoiselles d'Avignon*, mais je la préfère. Je n'ai jamais acheté un objet d'art pour sa valeur marchande, ni par spéculation.

J'ignore pourquoi, tout à coup, vers 1936, j'ai cessé de visiter les galeries et les ateliers. Il y a eu une coupure. L'art d'aujourd'hui me laisse froid. C'est moi qui ai tort, car il n'y a aucune raison pour que les artistes d'à présent aient moins de génie ou de talent que ceux d'hier et d'avant-hier.

Sans doute chacun de nous est-il capable de parcourir un certain chemin. J'ai aimé les impressionnistes, puis les fauves. J'ai un Vlaminck de 1908, un remorqueur sur une Seine d'un rouge sang qui éclaire tout un coin du salon.

J'ai un Braque aussi et j'ai continué à me passionner pour la peinture jusqu'à la fin du surréalisme, pour autant qu'il soit fini.

J'ai hâte qu'Eddie appelle. J'aime mon salon. J'aime l'appartement tel que je l'ai conçu ou aménagé. J'aime aussi la place Vendôme et le raffinement de son architecture, la justesse de ses proportions.

Y aura-t-il encore, dans quelques années, des gens pour habiter un appartement comme le mien ? C'est improbable. Le monde change, et c'est normal. Je suis le premier à applaudir à tous les changements et, en attendant, je jouis un peu honteusement de ce qu'il m'est encore permis d'avoir.

Mon fils Donald, qui ne parlait pas le français et qui devait s'étonner de s'appeler Perret-Latour, est mort faute d'un peu d'argent pour maintenir sa modeste affaire à flot. S'il avait fait appel à moi, je l'aurais aidé sans hésitation. Je lui aurais donné tout ce qu'il aurait voulu.

À Pat aussi qui, au lieu de me confier ses difficultés, s'est mise à travailler dans un hôtel douteux du quartier des docks.

Ces deux-là m'ont rejeté, je me demande pourquoi, car je n'ai pas conscience de l'avoir mérité. Ils savaient que, pendant la guerre, je ne pouvais pas entrer en contact avec eux. Pourquoi, ensuite, me retourner mes chèques sans même ouvrir les enveloppes ? Ou bien Pat a-t-elle déménagé ?

Les pauvres ont de la pudeur et elle était devenue pauvre après la mort de son mari.

Au fond, je ne me suis pas beaucoup inquiété et je n'ai guère pensé à eux. C'est pourquoi j'ai été surpris, ce matin, d'apprendre que Donald était un homme de quarante-deux ans qui avait lui-même trois enfants, dont un fils de vingt ans. Il faut chaque fois que je compte. Pour mes autres enfants aussi. Cela va trop vite. Et la plupart des gens se bousculent pour aller plus vite encore.

J'ouvre une cave à liqueurs en acajou et je me verse un verre de vieux porto. Je bois peu. Je n'ai jamais été ce qu'on appelle un buveur, Dieu merci.

J'entends qu'on dresse la table dans la salle à manger et on ne tardera pas à m'annoncer le dîner. C'est donc au beau milieu du repas que Parker va me téléphoner.

Non. Le téléphone sonne. Je me précipite vers l'appareil. Je décroche tout en m'asseyant dans un fauteuil.

— Allô! François?...

Ce n'est pas Eddie. C'est Jeanne Laurent.

— Bonsoir, Jeanne...

— Je ne te dérange pas?

— J'attends toujours l'appel de New York. Il viendra peut-être beaucoup plus tard...

— Pas trop cafardeux?

— Pas trop...

— J'ai beaucoup pensé à Pat, moi aussi. Quel âge a-t-elle la pauvre fille?

— Soixante-deux ans...

— Et moi j'en ai soixante...

Elle dit la pauvre fille au lieu de la pauvre femme.

— Je suppose que tu ne désires pas que j'aille te voir ce soir?

Est-ce que je désire qu'elle vienne aujourd'hui? Je dis, assez mollement :

— Pourquoi ne viendrais-tu pas?

— Non. Ce n'est pas le jour... Et il n'y a rien d'urgent...

— Tu as des ennuis aussi?

— Non...

— Un des enfants?

— Non plus...

— Comment va Nathalie?

Nathalie va avoir seize ans. C'est ma petite-fille, la fille de Jacques, celui de mes fils qui a une galerie de peinture rue Jacob. Il a été marié, très jeune, à une charmante fille pleine d'entrain qui a été tuée quatre ans plus tard dans un accident d'automobile. Jacques ne s'est pas remarié. Il se contente d'avoir des maîtresses qu'il ne garde jamais longtemps.

C'est Jeanne Laurent qui a pris Nathalie chez elle et elles vivent toutes les deux dans l'appartement du boulevard Raspail.

Nathalie me rend visite de temps en temps et j'ai toujours l'impression qu'elle me regarde avec étonnement, peut-être avec ironie.

— Elle va bien… Elle sort un peu trop à mon gré, mais elle tient le coup… Je te rappellerai dans deux ou trois jours…

— Je m'en réjouis…

— Bonsoir, François…

— Bonsoir, Jeanne…

Avant, c'était dans notre lit que nous nous disions bonsoir. Tout cela est drôle et bien compliqué. Je vide mon verre avant de passer dans la salle à manger et j'ai le temps de dîner sans être interrompu par le téléphone. Mme Daven va et vient autour de moi et nous échangeons parfois quelques mots.

Après, je me retrouve seul dans mon studio tout en cuir. Je n'ai pas l'esprit à lire. Je ne peux pas sortir. Un peu avant neuf heures, enfin, la sonnerie se fait entendre. C'est New York, et presque tout de suite la grosse voix d'Eddie.

— Hello, François… I am sorry…

Puis il se met à parler français.

— Je suis confus d'être si tard mais, quand je suis rentré tout à l'heure, j'ai dû m'occuper d'une affaire importante…

Il est trois heures à New York, un des moments les plus actifs de la journée, surtout pour un financier.

— Vous avez vu Pat ?

— Oui…

— Comment est-elle ?

— Mal. Elle m'a fixé avec étonnement, comme si ce n'était pas moi qu'elle s'attendait à voir. Je lui ai dit que je venais de votre part, que j'étais un ami, que je m'étais déjà arrangé pour qu'on lui donne une chambre privée.

» Elle a froncé les sourcils et a regardé les lits autour d'elle. J'ai senti qu'elle hésitait. À la fin, elle a hoché la tête.

» — Non. J'aime mieux rester ici. Je m'ennuierais toute seule…

» — Vous aurez une garde privée qui ne vous quittera pas…

» Elle a encore réfléchi. C'est une femme qui donne l'impression d'avoir beaucoup pensé.

» — Une garde, ce n'est pas la même chose…

» Vous comprenez, François, c'est la vue des autres malades qui lui manquerait.

» Je lui ai annoncé que j'avais versé cinq mille dollars à son nom au bureau de l'hôpital, et elle a murmuré :

» — Pour les obsèques ?…

» Je lui ai dit aussi que vous vous réjouissiez qu'elle se rétablisse. Alors, elle m'a demandé :

» — Il n'est pas malade ?… Il est pourtant beaucoup plus vieux que moi…

» Je m'excuse, François, mais j'ai pensé que vous aimeriez mieux tout savoir.

» Il n'y a que quand je lui ai dit que je me rendais à Newark qu'elle a été intéressée.

» — Vous croyez qu'il les tirera d'affaire ? Helen est une bonne femme, très méritante… Bob, l'aîné, est un garçon capable et je suis sûre que, si on lui en donnait les moyens…

» — Je suis chargé par votre ancien mari de les lui fournir…

» — Même s'il s'agit d'une grosse somme ?

» — Je dois faire le nécessaire…

» — Alors, c'est bien… Remerciez-le de ma part…

» J'ai compris que c'était fini, que ce que je pourrais lui dire d'autre ne l'intéresserait plus. D'ailleurs, elle a fermé les yeux, comme pour me faire comprendre qu'elle ne désirait pas que je reste davantage…

— Vous avez vu le médecin qui s'occupe d'elle ?

— J'ai pu le rejoindre dans le couloir alors qu'il faisait sa tournée. Il s'appelle Feinstein et m'a donné l'impression d'un homme capable…

» Très scrupuleux aussi… Avant de répondre à mes questions, il a tenu à savoir qui j'étais, à quel titre je m'intéressais à Pat et je l'ai mis au courant de la situation.

» — C'est elle qui a raison, m'a-t-il déclaré quand je lui ai parlé de la chambre privée… Une femme comme elle a besoin du coude à coude…

» — Je suppose qu'il s'agit d'un cancer ?

» — Cancer de l'utérus, oui… La tumeur semble s'étendre rapidement et le chirurgien hésite à opérer…

Nous essayons de diminuer le nombre des cellules atteintes avant de tenter une intervention…

» — Elle a des chances de s'en tirer?

» — Si l'opération réussit, elle en aura pour un an ou deux, peut-être trois…

» — De vie normale?

» — De vie…

» — Elle restera une malade?

» — Certainement…

» — Qu'est-ce que vous faites, dans ces conditions?

» Il a compris le sens de ma question et m'a regardé assez froidement, comme si je venais de toucher à son honneur professionnel.

» — Le maximum… a-t-il laissé tomber.

» Enfin, lorsque je me suis décidé à lui parler d'argent, il m'a prié de m'adresser à l'administration de l'hôpital et il s'est éloigné vers la porte d'une des salles.

» Voilà pour Pat… Je m'excuse de ne pouvoir vous donner de meilleures nouvelles.

» Je suis allé ensuite à Newark et j'ai trouvé assez facilement le garage et les pompes à essence. Une femme aux traits tirés, aux cheveux mal coiffés, était assise dans un bureau constitué par une cage vitrée au fond de l'atelier.

» Un crayon à la main, elle étudiait une épaisse liasse de factures, écrivant des chiffres en colonne sur un bloc.

» Elle a dû être assez jolie. C'est une blonde, d'un blond cendré, au teint très blanc, qui n'a jamais dû avoir beaucoup de santé.

» Je lui ai appris qui j'étais, ajoutant que je venais de votre part. Un jeune homme en combinaison bleue qui travaillait à une voiture est entré dans le bureau et m'a regardé des pieds à la tête d'un œil méfiant.

» — Qu'est-ce qu'il veut ? a-t-il demandé à sa mère.

» — Il vient de la part de ton grand-père…

» — Il existe donc encore, celui-là ?

» — Vous êtes Bob ? ai-je questionné.

» — Oui. Et après ?

» — Vous vous sentez capable de continuer l'affaire ?

» — Pourquoi n'en serais-je pas capable ?

» — C'est votre goût ?

» — J'ai été élevé dans la mécanique, non ?

» — Combien faudrait-il pour payer tous les créanciers…

» Il s'est tourné vers sa mère, sourcils froncés.

» — Qui est-ce qui lui a raconté tout ça…

» — Il paraît que ta grand-mère a écrit à Paris…

» — Bon. Nous avons des dettes, c'est vrai, beaucoup moins qu'on l'imagine, et je ne crois pas, pour ma part, que c'est la cause du geste de mon père… Car elle a dû vous apprendre ça aussi… De Corée, il avait rapporté des fièvres qui le prenaient de temps en temps et le mettaient hors de lui…

» Cela ne regarde que nous… Quant à nos dettes… Qu'est-ce que tu en penses, man ?

» — Je pense qu'avec dix mille dollars…

» Un gamin de quinze ans rentrait de l'école et nous observait à travers la vitre. Lui aussi avait les sourcils froncés. Toute la famille, on le sent, a été traumatisée par le geste du père.

— Comment cela s'est-il terminé?

— Je leur ai signé un chèque de vingt mille dollars. Ils n'en croyaient pas leurs yeux et conservaient une certaine méfiance. Ils ont, chacun à son tour, relu le chèque deux ou trois fois.

» — Votre beau-père vous écrira, ai-je promis à la femme. Il vous confirmera que, si vous avez la moindre difficulté, vous pouvez vous adresser à lui…

J'écoute parler Eddie en essayant d'imaginer la scène, les regards des deux garçons, dont un est resté hors de la cage vitrée, ceux, plus las, d'Helen que je n'ai jamais vue. Il y a une fille aussi, mais on ne m'en parle pas et je suppose qu'elle était encore à l'école.

— Autant que je puisse en juger, ils sont soulagés de voir la fin de leurs problèmes. En même temps, quelque chose les gêne. C'est trop inattendu pour eux, presque mystérieux, et, en fin de compte, ils auraient sans doute préféré que le salut leur vienne d'ailleurs…

— Je crois que je comprends…

Je suis assez étonné, je l'avoue, d'entendre cette grande brute d'Eddie Parker prononcer avec conviction :

— Moi aussi…

Je n'aurais pas cru que c'était l'homme à comprendre ce genre de scrupules.

— Je vous remercie, Eddie…

— De rien… J'ai fait ce que j'ai pu… J'ai promis d'aller les revoir dans quelques jours… Je n'ai pas osé offrir qu'un de nos comptables les aide à mettre de l'ordre dans les affaires…

— C'était plus prudent…

— Je crois… À votre place, je leur écrirais… À votre ancienne femme aussi…

— Peut-être… Oui…

— Ça ne va pas ?

— Un peu sonné… Cela passera…

— Bonne nuit, car, chez vous, c'est déjà le soir…

— Bon après-midi, Eddie… Et encore merci…

Je raccroche lentement et le silence absolu me surprend. Un instant, j'ai l'impression qu'il n'y a plus personne que moi à l'étage, dans tout l'immeuble, que tout le monde a déserté.

Je reste quand même dans mon fauteuil, par respect humain, et je ne presse pas le bouton d'appel.

C'est tellement vide… Ma vie est tellement…

Non ! Cette fois, je me redresse. Je ne me laisserai pas aller. Je retourne au salon où on a éteint et où j'allume toutes les lumières, y compris le grand lustre. Comme pour une réception. Comme pour une fête. Je vais et je viens, les mains dans les poches. Je regrette que les volets m'empêchent de voir les candélabres de la place Vendôme, les quelques silhouettes qui doivent la traverser sous la pluie.

Je pense à allumer un cigare. Dix fois, je fais le tour de la pièce en regardant chaque tableau, chaque meuble, chaque objet.

Tout cela ne participe-t-il pas un peu de moi-même, de ce que j'ai été à telle ou telle époque ? Je suis capable de mettre une date sur chaque chose, de dire dans quelles circonstances et dans quelle humeur j'ai acquis chaque chose.

Comment s'y prendront-ils pour le partage ? Car cela posera des problèmes compliqués. Et comment ma famille de Paris accueillera-t-elle mes héritiers d'Amérique ?

Cette pensée me fait sourire un instant. J'ai l'impression très passagère de leur avoir joué à tous un bon tour.

C'est encourageant. Je reprends le dessus. Je me mets à éteindre les lumières, traverse le studio et pénètre dans ma chambre où j'appelle Mme Daven.

— Je crois que je ferais mieux de prendre un somnifère… Lequel m'a si bien réussi la dernière fois ?…

— Je vous l'apporte…

La couverture est faite, mon pyjama étalé sur le lit, les bras écartés dans une curieuse attitude.

Une demi-heure plus tard, je m'endors, et il n'y a rien d'autre que les rideaux qu'on ouvre le matin, un pâle soleil dans le ciel et l'odeur du café.

3

Je suis dans mon bureau dès neuf heures cinq et, au-delà de la fenêtre, la place Vendôme est claire et gaie. Il y a pourtant du vent, car des nuages d'un blanc légèrement doré courent rapidement dans le ciel et il arrive aux passants de tenir leur chapeau menacé par une bourrasque.

Ce n'est plus l'été. Ce n'est pas encore vraiment l'automne bien que hier, en passant par les Champs-Élysées pour gagner l'avenue Hoche, j'aie vu des feuilles mortes par terre.

J'hésite à appeler Mlle Solange pour lui dicter les deux lettres qu'il est nécessaire que j'envoie. Je n'écris à la main que quand c'est indispensable, d'habitude de courts billets de politesse pour refuser une invitation, ou pour l'accepter.

Mon écriture, à moi aussi, est devenue un peu hachée. Cela me contrarie, car j'y vois un signe de vieillissement. Après quelques lignes, ma main a tendance à trembler.

Pat d'abord. Que lui dire? Je suis très affecté par sa déchéance. Je préférerais lui savoir une fin plus heureuse mais je ne me sens pas concerné.

Elle a été ma femme. Quand nous nous sommes mariés, à New York, nous pensions tous les deux que nous passerions notre vie ensemble, que nous étions indispensables l'un à l'autre.

Nous avons dormi dans le même lit. Nos corps n'ont fait qu'un. Elle m'a donné un fils, comme on dit. J'ai horreur de cette formule. Pourquoi serait-ce un cadeau, de la part d'une femme, de faire un enfant ?

Pendant près de quarante ans, je n'ai pas eu de ses nouvelles et cela ne m'a pas manqué. Du jour au lendemain, en quelque sorte, elle m'est devenue étrangère et elle le reste.

Cela ne ressemble pas à l'idée qu'on se fait de l'amour à vingt ans. Est-ce moi qui suis incapable d'aimer ? Elle aussi, dans ce cas. Et tant d'autres que j'ai connus, formant un couple, et que j'ai retrouvés ensuite redevenus des individus.

Ma chère Pat…

J'écris en anglais, naturellement. Si elle n'a pas appris le français à Paris, elle n'a pas dû le faire une fois de retour à New York. Je m'efforce de former des lettres plus grandes et plus nettes que d'habitude afin qu'elle n'ait pas de mal à me lire.

Je suis très triste d'apprendre que ta santé laisse à désirer et que tu te trouves momentanément à Bellevue. J'aurais aimé aller te voir mais il m'est impossible de quitter Paris en ce moment…

C'est plat, conventionnel, et je m'en veux de ma froideur, de mon détachement. Au fond si, hier, j'ai été sonné — car je me rends compte que je l'ai été —, ce n'est pas par pitié pour elle, ni pour mon fils.

La vraie raison, c'est que je voyais une partie de mon passé disparaître. Cela m'a rappelé que ce passé-là était très lointain, que l'avenir s'était rétréci, continuait à rétrécir à une vitesse vertigineuse.

Voilà que Pat était devenue une vieille femme condamnée !

Je t'ai envoyé un de mes amis afin qu'il s'occupe de toi et qu'il fasse le nécessaire pour que ta vie soit aussi confortable que possible. Je le connais depuis long-temps. Il m'a téléphoné après t'avoir vue et m'a dit que tu es très courageuse…

Ce n'est pas vrai, mais cela fait plaisir aux gens de se croire courageux.

Il a rencontré aussi le docteur Feinstein qui lui a fait une excellente impression. Il paraît que c'est un praticien de premier ordre qui s'intéresse fort à toi. Dans quelque temps, tu auras peut-être à subir une légère intervention chirurgicale qui te rendra toute ta vigueur…

Essayera-t-on de me mentir avec autant de désinvolture ? Et ne m'y laisserai-je pas prendre comme les autres ?

Ce qui est arrivé à Donald a dû t'ébranler profondé-
ment. Moi-même, qui ne l'ai pas vu depuis longtemps,
en suis très affecté. D'après ce que mon ami Parker
m'a dit de sa famille, il a été très handicapé par la
guerre de Corée et je regrette qu'il n'ait pas fait appel
à moi lorsqu'il s'est trouvé en face de ses difficultés.

Parker a vu sa femme et l'aîné de ses fils. Helen
est une personne bien et Bob plus mûr qu'on ne l'est
d'habitude à son âge. Ils conservent le garage et le
poste d'essence. Le nécessaire sera fait pour désin-
téresser les créanciers et il n'y aura plus d'ennuis à
l'avenir. Tu peux compter sur moi.

Dans les prochaines semaines, j'essayerai de me
rendre à New York...

Ce n'est pas vrai. Je n'ai pas l'intention de revoir ces
fantômes de trop près. D'ailleurs, je ne voyage plus.

J'espère que je te trouverai vaillante et j'irai embras-
ser mes petits-enfants...

J'ai honte de cette formule stupidement sentimentale. Je les aide et continuerai à les aider, certes. Ils ont
des liens avec moi, mais je ne les sens pas.

Continue à avoir du courage et de la patience.
À bientôt, ma chère Pat.
Je t'embrasse.

J'ai hésité à tracer ces derniers mots car il me serait
pénible, je pense, de l'embrasser réellement. J'ai failli

signer de mon nom en entier, comme je signe les lettres d'affaires. Je me suis arrêté à temps après le prénom.

Cette lettre m'a demandé plus d'efforts qu'une journée de travail il y a quelques années encore. Je vais jusqu'à la fenêtre et j'allume une cigarette en regardant la façade du Ritz au-delà de la colonne de bronze. Il y a des pigeons autour. Je ne fais jamais attention aux pigeons, je ne sais pas pourquoi, car ils appartiennent au paysage.

Il vaut mieux que j'en finisse tout de suite avec la seconde lettre. À qui l'adresser ? À ma bru ? Je ne la connais pas. Je ne sais d'elle que ce que mon ami Eddie m'en a dit hier soir au téléphone. Je n'en sais pas davantage sur l'aîné de mes petits-enfants. Ma chère Helen ? On n'écrit pas ainsi à une étrangère.

Mon cher garçon…

C'est moins personnel et, après tout, c'est lui qui va prendre en charge la petite famille de Newark.

Dès que j'ai reçu, hier matin, la lettre de ta grand-mère m'annonçant le malheur qui…

Non ! Pas jusque-là.

… m'annonçant ce qui est arrivé, j'aurais voulu prendre l'avion et aller vous voir tous. Hélas, je ne suis plus jeune et, pour le moment, les longs déplacements me sont interdits…

J'hésite, peut-être par superstition, de parler ainsi de ma santé. Je suis parfaitement capable de passer quelques heures en avion. Je n'ai pas le courage de recommencer ma lettre.

Je regrette aussi de n'avoir jamais reçu de nouvelles de ton père dont je n'avais pas l'adresse. J'aurais voulu l'aider. J'arrive trop tard en ce qui le concerne mais je tiens à ce que ta maman et vous trois n'ayez plus de soucis…

J'ai rougi en écrivant le mot maman. Tout cela me fait l'effet d'une lâcheté, presque d'une trahison. Je ne parle pas ainsi. Je ne pense pas ainsi. On dirait que je veux me racheter de je ne sais quel péché. Or, je ne me sens pas coupable.

Hier, peut-être ? Même pas. Pas coupable envers eux.

Tu as reçu la visite de mon ami Eddie Parker et il a dû te laisser son adresse. Tu peux avoir pleine confiance en lui. Je le connais depuis longtemps et c'est lui qui se charge de mes affaires aux États-Unis.

Il m'a dit par téléphone l'excellente impression que tu lui as faite. J'ai donc l'espoir que tu vas pouvoir travailler dans les meilleures conditions et je suis sûr que tu trouveras dans ta mère une aide précieuse.

D'elle aussi, mon ami Parker ne m'a dit que du bien. Je regrette seulement de la savoir fatiguée, ce qui est compréhensible dans la circonstance.

Je pense à elle et elle peut toujours compter sur moi. Transmets à ton frère et à ta sœur les meilleures choses de leur lointain grand-père.

J'ai hâte de vous connaître tous.
Affectueusement.

Ouf! Je n'ose pas me relire. Je colle vite les deux enveloppes et vais les porter au secrétariat avant d'être tenté de tout déchirer.

— Faites poster d'urgence, voulez-vous?

— Par exprès?

— Avion et exprès, oui…

Cela ne m'empêche pas de me rendre au club, de faire ma demi-heure de culture physique, d'avoir mon massage puis de nager un peu. Quand je sors de l'immeuble de l'avenue Hoche, le vent est tombé et le soleil presque chaud.

— Vous irez m'attendre au Rond-Point, dis-je à Émile.

J'ai envie de marcher un peu dans la foule. Il m'arrive de regarder avec étonnement les gens que je croise comme je regardais des êtres d'une autre planète.

Au fond, j'ai réussi trop jeune. Je parle de réussite matérielle. Même au Quartier Latin, il m'a manqué de manger de la vache enragée, car mon père m'envoyait assez d'argent pour subvenir largement à mes besoins.

Pendant près de deux ans, j'ai même pu me mettre en ménage avec Rosalie Bouillet, une brave fille sans complications, la meilleure peut-être de celles qui ont partagé un morceau de ma vie.

Je l'ai rencontrée sur une des chaises jaunes du Luxembourg, à moins que ce ne soit à la terrasse du Harcourt. J'avais encore des loisirs et il m'arrivait de m'asseoir pour regarder passer les gens. Pourquoi cela ne m'est-il jamais plus arrivé par la suite?

Elle était potelée, le teint rose, les cheveux clairs, avec comme une bonne et saine odeur de campagne. Nous avons dîné dans une brasserie où elle a mangé avec un appétit surprenant, après quoi, très naturellement, elle m'a suivi dans ma chambre d'hôtel.

Quel âge avais-je? Vingt-cinq ou vingt-six ans, car c'était peu de temps après la première guerre. L'hôtel était situé rue de l'Éperon, en plein Quartier Latin, et s'appelait Hôtel du Roi-Jean. Je n'ai jamais su de quel Jean il s'agissait mais je me souviens que les patrons s'appelaient Gagneux et que le prénom du tenancier était Isidore.

Plus tard, Rosalie et moi nous sommes installés dans un meublé de la rue Lecœur. C'était l'époque à laquelle j'avais comme ami, à la Faculté de droit, Max Weil, celui qui m'a donné l'idée d'entrer dans la banque et qui est mort à Buchenwald.

Cela a tenu à un cheveu que j'épouse Rosalie. Elle était encore tout près de sa campagne et elle n'avait guère d'instruction. Mais prend-on une femme pour sa conversation?

Elle possédait une qualité que j'apprécie par-dessus tout : la gaieté, l'égalité d'humeur. Elle était la même au réveil que le soir en se couchant. Pour elle, rien n'était compliqué et elle prenait le temps comme il venait.

Ma mère aussi, en somme. Ce n'est qu'aujourd'hui que je fais le rapprochement. Ma mère était une femme du même genre et mon père a eu de la chance, car il n'était pas toujours facile à vivre.

Est-ce que cela aurait marché, Rosalie et moi? Nous avons fêté ensemble, avec Weil et sa petite amie, mon doctorat en droit. Mon père est mort. J'ai travaillé quelques semaines à la banque Weil et Doucet, rue Laffitte, et Jacob Weil, le père de Max, m'a conseillé un stage à New York.

Rosalie m'a conduit au train transatlantique et s'est beaucoup mouchée. J'ignorais que je reviendrais marié et déjà presque père de famille. Je ne l'ai jamais revue. Au début, j'aurais pu la rechercher dans les brasseries de la rive gauche, mais je ne pensais qu'à Pat.

Ensuite, pris dans l'engrenage, je l'ai oubliée et quand, beaucoup plus tard, j'ai voulu savoir ce qu'elle était devenue, je n'ai pas retrouvé sa trace.

Est-elle retournée dans son Berry natal et a-t-elle épousé un garçon de son village ? J'ignore le nom de ce village. L'idée ne m'est pas venue de le lui demander. Je sais seulement qu'il est situé près du canal.

Elle a pu aussi bien se marier à Paris. Je la vois volontiers derrière le comptoir d'une crémerie, par exemple. À moins qu'elle n'ait mal tourné, comme on dit. Ce serait dommage.

Elle a partagé mes derniers contacts avec la rue, avec la vie réelle, celle de tout le monde, des anonymes qui vont et viennent sur les trottoirs et qu'on voit, à certaines heures, s'engouffrer dans les stations de métro.

Ai-je pris le métro trois fois ? Guère plus. L'autobus, oui, pendant un certain temps, encore que je me sois très vite habitué aux taxis.

Les Champs-Élysées ont changé. Je les ai connus quand il n'y avait pratiquement pas de magasins et que le Fouquet's me paraissait un endroit inaccessible.

Je regarde l'entrée du métro George-V, les hommes et les femmes qui en descendent l'escalier et je me demande pourquoi j'ai perdu le contact.

Par ambition ? C'est possible que j'aie été ambitieux, que cela fasse partie de mon caractère. Je n'en suis pas certain. La preuve, c'est que j'ai eu l'idée, un moment, d'épouser Rosalie.

J'ai parlé d'engrenage. C'en est bien un. Une fois dans la banque, il fallait aller jusqu'au bout.

Déjà avec Pat, boulevard Montmartre, nous habitions un hôtel presque luxueux et je pouvais lui offrir des cadeaux assez importants. C'est pour elle que je suis entré pour la première fois chez un bijoutier de la rue de la Paix dont je suis devenu un des gros clients.

Pat ne voulait pas croire que c'était du vrai. Aux États-Unis, on trouve de l'or à 14 carats, voire à 11 carats, et elle était persuadée que je lui donnais des bijoux de cette sorte.

Jeanne Laurent, elle, n'est pas sensible aux bijoux. Comme robes du soir, je ne lui ai vu que des robes en soie noire, très simples, qui étaient pour elle comme un uniforme.

Elle s'habillait beaucoup en noir et cela lui allait bien. Elle le fait encore. Ses goûts n'ont pas changé.

Notre liaison avait déjà commencé quand j'ai repris la banque de la place Vendôme. Nous étions ensemble lorsque j'ai appris que Pat avait obtenu le divorce à Reno et j'ai insisté pour que nous fêtions la nouvelle au champagne.

— Qu'est-ce que tu vas faire ?

— T'épouser.

— À quoi bon ? Tu y tiens vraiment ?

— Oui.

— Je peux habiter avec toi sans cette formalité…

— Il se pourrait que nous ayons des enfants…

— Tu désires d'autres enfants?

— Peut-être. Je ne sais pas.

— Tu me laisseras continuer à travailler?

J'ai hésité. Elle tenait à son métier. Élevée dans le journalisme, elle l'avait dans la peau.

— Pourquoi pas?

— Je ne serai pas toujours libre en même temps que toi. Il m'arrivera de me déplacer…

— À moi aussi… Vois-tu, nous ne sommes pas seulement des amants, mais des amis…

Les amants ont disparu, ainsi que les époux. Les amis restent. Elle m'a beaucoup aidé à installer l'appartement au-dessus de la banque quand il est devenu libre. Je possédais quelques toiles mais elle connaissait mieux les peintres que moi et Montparnasse lui était familier.

Elle restait en contact, elle. Avec la vie. Avec les hommes. Son métier l'exigeait. Elle fréquentait des milieux différents et se trouvait à l'aise dans chacun. Bien qu'elle soit à la tête du plus important magazine féminin de Paris, je suis persuadé qu'elle continue. Je ne connais guère sa vie privée, sinon qu'elle partage son appartement du boulevard Raspail avec notre petite-fille Nathalie.

Il nous arrive de déjeuner ensemble, presque toujours au restaurant. Nous nous regardons alors avec une curiosité involontaire, sans nous poser de questions.

Sauf au sujet des enfants. Restée plus près d'eux que moi, elle me donne de leurs nouvelles. Celui qui l'inquiète est Jean-Luc, qui a trente-quatre ans.

Il n'a jamais accepté le genre de vie que nous menions place Vendôme et, très jeune, il s'est révolté. Intelligent, il a été aussi mauvais que possible au lycée et il a échoué au baccalauréat. Il avait dix-huit ans et il s'est engagé dans les parachutistes.

Comme il avait besoin de mon autorisation, je la lui ai donnée, comprenant que cela ne servirait à rien de le contrarier. Nous avons reçu des cartes postales tous les deux ou trois mois.

Plus tard, il est revenu, en civil, alors que sa mère et moi avions divorcé.

— Qu'est-ce qui vous a pris, à tous les deux ?

— Nous menions des vies différentes. Ta mère est passionnée par son métier, qui lui prend tout son temps. De mon côté, j'ai de nombreuses obligations…

— Tu vas te remarier ?

— Je ne crois pas. Tout est néanmoins possible.

J'hésitais à lui demander quels étaient ses projets. Il est beaucoup plus grand, beaucoup plus fort que moi. C'est un athlète.

— Je vais chercher du travail comme moniteur de culture physique…

Il a commencé sur une des plages de Cannes. L'hiver, à Megève, il donne des leçons de ski.

— Je te verserai une mensualité comme je l'ai fait pour ton frère quand il était aux Beaux-Arts…

— Ce n'est pas la peine… Je m'en tirerai seul…

J'ignore ce qu'il pense de moi, de mon caractère, de ma vie. Il est d'une autre époque. Tout gamin, quand il regardait les photographies que je n'ai jamais voulu coller dans un album et qui remplissent deux tiroirs de mon bureau, il se mettait souvent à rire.

— C'est toi, ici ?

Eh oui ! En pantalon de flanelle blanche, en blazer rayé, un canotier sur la tête.

Moi aussi, en uniforme bleu, mes jambes maigres serrées dans des bandes molletières, qui m'appuyais négligemment à mon avion.

— Pourquoi n'as-tu pas continué à voler ?

Je ne connais personne de mon escadrille qui ait piloté après la guerre. Peut-être en avions-nous vu un peu trop ?

Cette fois-là, il m'a regardé avec un certain respect mais, d'une façon générale, il déteste mon genre de vie, ma façon d'être et il continue son existence loin de moi.

L'an dernier, il dirigeait une plage à Saint-Tropez et j'ai vu plusieurs fois sa photographie dans les journaux car il fait partie du petit monde de là-bas. Il y a même ouvert une boîte de nuit.

Je marche, je marche. Je pense. Trop. J'en oublie de regarder les gens comme je m'étais promis de le faire. Il est vrai que j'ai la désagréable impression que la plupart des visages sont vides.

Ils vont en avant, les yeux ailleurs.

Peut-être est-ce l'impression que je donne aussi ?

Je ne dors pas. Je me suis à peine assoupi une dizaine de minutes pendant la sieste et j'ai entendu Mme Daven se diriger vers la cuisine pour y préparer mon café.

Elle entre sans bruit, pose la tasse et va vers la fenêtre pour ouvrir les rideaux. Comme hier et tous les autres jours depuis plusieurs années. Il en sera ainsi demain et les jours suivants.

Or, cette régularité ne me déplaît pas. J'en tire plutôt satisfaction. Mes journées sont ainsi scindées en petites étapes que j'ai appris à savourer.

Elle me tend la tasse, souriante, un peu protectrice. Je la soupçonne de me considérer comme un grand enfant qui a besoin d'elle et je ne suis pas trop sûr qu'elle n'ait pas raison.

Dans un instant, ce sera la robe de chambre que j'échangerai contre mon veston.

Quand j'étais jeune, cette monotonie des jours, cette immuabilité du décor me désespéraient et il m'est arrivé d'avoir la gorge serrée en regardant, par la fenêtre de ma chambre, couler la Saône. Je haïssais notre maison qui sentait l'encaustique et le vin, j'en haïssais la cour encombrée de barriques et les hommes en toile bleue qui y travaillaient.

À présent, c'est plutôt l'imprévu qui me contrarie. Je n'aime pas qu'on bouscule mon horaire.

— Votre fils est au salon, m'annonce Mme Daven.

— Lequel?

— Celui de Paris.

— Il m'attend depuis longtemps?

— Il vient d'arriver. Il connaît vos heures et il m'a dit que vous preniez votre café en paix.

Elle s'appelle Juliette. Je parle de Mme Daven. J'ai plusieurs fois été tenté de l'appeler par son prénom mais je n'ai pas osé.

— Comment est-il?

— Bien, je crois… Peut-être un peu nerveux…

Je me lève et elle m'aide à enlever ma robe de chambre. Elle tient mon veston à la main. J'allume une cigarette, vais finir ma tasse devant la haute fenêtre.

C'est l'heure où le soleil commence à entrer dans la chambre. Il n'y en a encore qu'une mince tranche qui met une tache plus claire sur la commode Louis XVI. Toute la pièce est Louis XVI, les murs recouverts de panneaux gris pâle.

Je me demande ce que Jacques me veut, car il vient rarement me voir sans raison. Sans doute la maison a-t-elle été pour lui une sorte de prison comme l'a été pour moi celle de Mâcon. À quel âge ai-je commencé à en avoir la nostalgie ? Très tard, en tout cas.

Je le trouve debout devant le Picasso.

— Cela date !… murmure-t-il.

Son regard fait le tour des murs.

— Tu restes insensible à la peinture moderne ?

— Tu sais, un moment vient où on s'arrête…

Il est moins grand que Jean-Luc, quoique plus grand que moi et que sa mère, un peu gras, avec du flou dans le visage et dans les lignes du corps.

— Tu viens dans mon studio ?

C'est gênant de le recevoir au salon. N'est-il pas chez lui ? N'a-t-il pas passé une partie de sa jeunesse dans cet appartement ?

— Rien ne change, ici, remarque-t-il.

Il ajoute, après m'avoir observé :

— Toi non plus… Tu te sens bien ?

— Très bien, quoique j'aie encaissé hier un coup dur…

— Dans les affaires ?

— Non. Ton frère Donald est mort. Je l'ai appris par une lettre de sa mère, qui ne m'avait plus donné signe de vie depuis la guerre…

— Quel âge avait-il ?

— Quarante-deux ans…

— Il n'était pas beaucoup plus âgé que moi… Qu'a-t-il eu ?

— Il s'est pendu…

Ils ne se sont jamais vus. On en a peu parlé dans la maison pendant la jeunesse de mes deux autres garçons.

— D'autre part, Pat, ma première femme, est très malade…

Il fronce les sourcils, contrarié. Il aurait préféré me trouver dans des conditions plus favorables.

Je laisse passer un assez long moment avant de demander :

— Et toi ?

— Je suis en pleine forme. J'ai des projets. Je venais justement pour t'en parler. Je ne suis pas sûr que ce soit le moment…

— Qu'est-ce que tu crains ?

— Rien… D'ailleurs, le principal de ces projets est tout simple et tout naturel… Je vais me remarier…

Que puis-je lui dire, moi qui me suis marié trois fois ? Ce qui m'étonne, c'est qu'il soit resté si longtemps seul après la mort de sa femme.

— Une charmante fille, que je te présenterai dès que tu me feras signe… Je n'ai pas osé te l'amener sans te prévenir…

— Quel âge a-t-elle ?

— Dix-huit ans…

— Deux ans de plus que ta fille…

— Je ne pense pas que la différence d'âge soit un obstacle. Au contraire. Hilda est très raisonnable. Elle parle un français parfait et elle s'entend à merveille avec Nathalie.

— Elle est étrangère ?

— Allemande… De Cologne… Elle suit les cours de l'École du Louvre et elle voudrait devenir critique d'art…

Je ne réagis pas. Je suis tenté de faire des objections qui ne tiennent pas debout. Ma dernière femme était italienne et avait vingt ans de moins que moi.

Étant donné que Nathalie n'attend que la rentrée pour s'inscrire aux Beaux-Arts, elles ont des intérêts communs…

Eh oui! Jacques a commencé, avec sa galerie de tableaux où aucune toile figurative n'a jamais été accrochée. On y a exposé les objets les plus divers, y compris des sculptures en plastique gonflables et des tuyaux de poêle qu'on emmanche à sa guise les uns dans les autres.

Il y a deux ou trois ans, il s'est mis en tête d'installer un restaurant au milieu de la salle d'exposition. Celle-ci n'est pas grande. Il n'a pu y mettre que six tables. Il m'a demandé de l'argent pour l'installation de la cuisine et pour le matériel. Je le lui ai donné.

— Dès que cela marchera, je te rembourserai…

Cela n'a pas marché. Seuls des amis sont venus manger chez lui et ceux-là ne payaient pas. Le cuisinier qu'il avait engagé a réclamé un dédit.

— Tu continueras à habiter rue Jacob?

Au-dessus du magasin, il n'y a qu'un entresol bas de plafond, très sombre, où Jacques mène une vie de célibataire. Je sais d'avance ce qui va suivre.

— Justement. C'est de cela aussi que je voulais te parler…

— Tu as trouvé l'endroit idéal?

Je pose la question sans ironie, mais il n'aime pas que je le devine.

— Comment le sais-tu? Maman te l'a dit?

— Elle est au courant?

— Elle a dîné lundi avec nous… Elle trouve Hilda très intelligente, très attachante… Je suis sûr qu'elle te plaira aussi…

— Tu as trouvé un appartement?

— Mieux que ça…

Il se lève pour donner cours à son enthousiasme. Car, chaque fois qu'il vient m'exposer un projet, Jacques éprouve le besoin de faire l'article tandis que, de mon côté, je feins d'être convaincu.

— Tu vois le quai des Grands-Augustins… Je ne sais pas si tu te souviens d'un antiquaire dont la boutique est profonde et très sombre… Aux deux vitrines, d'un bout de l'année à l'autre, sont exposés les mêmes objets qui ne tentent personne…

» Le patron est mort le mois dernier… Sa femme veut vendre, afin de rejoindre une de ses filles à Marseille… Avec de la lumière, cela ferait une galerie extraordinaire et l'emplacement est inespéré… J'aurais quatre fois la superficie dont je dispose rue Jacob et, par-dessus le marché, un véritable appartement au premier étage…

C'est aussi simple que cela. Je connais la suite et questionne :

— Combien?

— Je ne peux pas encore citer un chiffre exact, car ce n'est que la semaine dernière que j'ai montré les locaux à un ami architecte…

— Eh bien, dis-je, ce sera mon cadeau de noces… Tu me feras envoyer les factures…

— Tu es chic, Dad… fait-il avec chaleur en venant m'embrasser au front.

C'est curieux. Mes deux fils m'appellent Dad, alors qu'ils disent toujours Jeanne à leur mère. Nathalie aussi.

— Tu ne m'en veux pas ?

— De quoi ?

— De venir te taper… Il faudra que tu viennes à l'inauguration… Tu rencontreras tout ce qui compte dans l'art contemporain…

— Contemporain de qui ?

Je plaisante, évidemment. C'est plutôt de moi que je me moque.

— Comment va ta fille ?

— Physiquement ?

— D'abord, oui.

— Elle est infatigable. Elle dort moins que moi sans perdre la moindre parcelle d'énergie…

— Tu la vois souvent ?

— Par hasard… Et, en définitive, à cause de Hilda… Nous allons volontiers tous les deux dans les boîtes de Saint-Germain-des-Prés et c'est là que j'ai été assez surpris de retrouver ma fille… Pas seule… La plupart du temps avec des jeunes gens barbus et chevelus qui ont dix ans de plus qu'elle…

— Elle n'a pas tout à fait seize ans ?

— Elle les aura dans deux mois… C'est ce qu'elle attend pour abandonner ses études…

Nathalie a été renvoyée du lycée, puis d'une école privée. On l'a mise dans un troisième établissement où elle a décidé de ne rien apprendre. Il y a deux ou trois ans, elle ne rêvait que de cinéma. À présent, la peinture seule l'intéresse.

— Qu'en penses-tu, toi ?

Jacques se gratte la tête.

— Que veux-tu que je pense ? Les générations se suivent sans se ressembler. À treize ans, quand elle a commencé à se maquiller et à fumer un paquet de cigarettes par jour, j'ai cru de mon devoir d'intervenir. Cela n'a servi à rien. Au contraire. Du coup, elle m'a considéré comme un vieux…

» Elle vient de temps en temps voir ce qu'il y a de nouveau dans ma galerie. Contrairement à ce que j'aurais cru, ses goûts ne sont pas modernes pour deux sous. Elle en est restée à Van Gogh et à Gauguin…

— Qu'en dit ta mère ?

— Cela l'effraie un peu. Il arrive que Nathalie ne rentre pas avant deux ou trois heures du matin. Elle accroche à sa porte un de ces petits écriteaux d'hôtel qu'elle a trouvé Dieu sait où et qui disent en trois ou quatre langues : Ne pas déranger.

» On ne la dérange pas. Elle déjeune ou ne déjeune pas. Elle va à ses cours ou n'y va pas et elle a appris à imiter la signature de Jeanne dans son livret scolaire…

Je dois avoir un vague sourire aux lèvres. En fait, mon fils se morfond. Mon ex-femme aussi. Moi pas. Il me semble, au contraire, que je suis assez proche de Nathalie et que nous nous entendrions fort bien tous les deux si elle venait parfois me faire ses confidences.

Elle me prend pour un monsieur sévère et froid. Elle est ravie que son père se remarie car elle espère trouver une amie et une complice dans sa jeune belle-mère.

— Je te retiens ? demande Jacques en regardant sa montre. Tu ne dois pas descendre à ton bureau ?

84

Il sait que je n'y suis qu'un figurant mais il a hâte, maintenant qu'il a obtenu ce qu'il voulait, d'aller annoncer la bonne nouvelle à Hilda.

— Comment est-ce que je fais, pour les fonds ?...

— Tu adresses les factures au caissier... Je l'avertirai tout à l'heure... C'est à lui aussi que tu demanderas l'argent liquide dont tu as besoin...

Il n'en revient pas que je ne fixe pas de plafond. À quoi bon ? Pour le forcer à inventer des prétextes, à s'endetter ou à tricher ?

Un jour, tout leur appartiendra. Je crains que, ce jour-là, ils ne soient déçus, car ils ont tendance à me croire plus riche que je ne le suis réellement.

Qu'est-ce que Jacques fera de sa part ? Il aura sûrement des projets grandioses et sans doute, quelques années plus tard, se retrouvera-t-il sans un sou.

Sa mère l'aidera. Peut-être son frère ? Car Jean-Luc, lui, toute tête brûlée qu'il soit, ne se jette pas en aveugle dans l'aventure.

Son affaire de plage et de restaurant marche. Je ne serais pas surpris que sa part d'héritage ne serve à bâtir un hôtel, ou une série de bungalows dans une île quelconque.

Il a besoin de mouvement, de grand air, de soleil. Il a cultivé ses muscles scientifiquement et il continue à les entretenir.

Et Nathalie ? Elle se mariera, très jeune, pas pour longtemps.

Tentera-t-elle une nouvelle expérience ou profitera-t-elle tranquillement de sa liberté ?

J'aimerais lui parler un de ces jours, mais je ne crois pas que j'arriverai à la mettre en confiance. Pourquoi ai-je l'impression que, de tous, de ce petit monde auquel me rattachent des fils plus ou moins étroits, c'est elle qui tient le plus de moi ?

Sauf que sa volonté, à elle, est négative. Elle refuse au lieu d'accepter. Elle refuse d'étudier. Elle refuse la vie qu'on lui présente. Elle refuse de s'incliner devant les tabous.

Elle dit non à sa grand-mère comme elle me dirait non et elle ne m'a pas caché qu'elle déteste mon appartement.

Elle va son chemin, cynique en apparence, et je suis sûr qu'au fond d'elle-même elle est angoissée.

Elle n'est pas encore une grande personne et la vie lui fait déjà peur. Par crainte de la gâcher elle risque de s'enfoncer comme à plaisir.

— À bientôt, Dad… Téléphone-moi quand tu voudras que je t'amène Hilda…

— N'importe quel jour de la semaine prochaine…

— Je peux t'appeler après ta sieste ?

— Tu le sais bien…

Il vient, assez gauchement, m'embrasser sur les deux joues et murmure, presque à mon oreille :

— Tu es un chic type…

À quoi il ajoute après une hésitation :

— On t'aime bien, tu sais…

Ce sont des mots que nous n'employons pas souvent dans la famille. J'en suis tout surpris et je le regarde s'éloigner avec un pincement au cœur.

C'est vrai, ils ont tous fui la maison dès qu'ils l'ont pu. Chacun a suivi sa voie, des voies que je n'avais pas prévues.

Jacques est devenu marchand de tableaux et va épouser en secondes noces une jeune Allemande qui a l'âge de sa fille.

Jeanne, après avoir partagé avec moi un certain nombre d'années, a eu peur de perdre sa personnalité et, pour rester elle-même, a préféré divorcer.

Je ne lui en veux pas. Je n'en veux à aucun d'eux.

Mon père a dû recevoir un choc quand, à dix-sept ans, je lui ai annoncé mon départ pour Paris. Encore s'attendait-il à me voir revenir à Mâcon pour les vacances. Ma mère a pleuré. Jusqu'à sa mort, à soixante-huit ans, en 1931, elle m'a écrit chaque semaine une lettre de quatre pages, me parlant de chacun dans la maison, me donnant des nouvelles des voisins et même des chats et des chiens.

Je lui répondais une fois sur trois et mes lettres étaient beaucoup plus courtes, plus gauches, car je ne trouvais rien à dire qui puisse l'intéresser. Ma vie était trop différente.

Je me souviens de leur gêne quand je suis allé leur présenter Pat qui ne parlait pas un mot de français et qui se contentait de sourire comme sur la couverture d'un magazine.

J'ai eu tendance, hier, à dramatiser. À cause de la lettre de Pat, justement, je me suis laissé aller à remettre des tas de choses en question.

J'étais parvenu à un équilibre qu'il faut que je retrouve, que je commence déjà à retrouver. Paradoxalement, la visite de Jacques m'a aidé, et aussi ce qu'il m'a dit de sa fille.

Je ne suis pas indifférent à leur destin. Au contraire. Ma tendance profonde serait d'être une sorte de patriarche autour de qui toute la famille serait groupée.

N'est-ce pas, plus ou moins, le rêve de tout homme ? N'était-ce pas celui de mon père ? Il a presque réussi puisque je suis le seul à m'être échappé.

Pour moi, cela s'est passé autrement. Pat est partie la première. Jeanne Laurent, elle, a tenu longtemps, peut-être pour ne pas me priver trop tôt de mes enfants.

Pendant quelques années, nous avons été une vraie famille, réunie midi et soir autour de la table de la salle à manger. L'été, à Deauville, nous habitions une villa où les enfants jouaient dans le parc quand ils n'étaient pas à la plage.

J'ai beaucoup travaillé. Je me suis beaucoup amusé aussi, si l'on appelle amusement les divertissements qu'un homme peut s'offrir.

J'ai eu des chevaux, je l'ai dit. J'ai eu un yacht, à Cannes, pas de leur temps mais du temps de ma troisième femme, la comtesse Passarelli, sortie d'une des plus vieilles familles de Florence.

J'avais cinquante-huit ans quand je l'ai épousée. Elle en avait trente-deux et elle avait été mariée deux fois, la seconde avec un riche armateur grec.

Elle parlait, gazouillait plutôt, quatre ou cinq langues et connaissait tous les palaces du monde, les cabarets de New York aussi bien que ceux des Bermudes, de Beyrouth ou de Tokyo.

Je ne sais pas pourquoi je l'ai épousée. Peut-être par une sorte de défi ? Avec elle, c'est moi qui ai dû m'adapter et me mettre à son genre de vie.

Plus tard, quand nous avons divorcé, j'ai revendu le yacht et me suis contenté d'un canot à moteur. Je n'ai pas revendu la villa de Deauville, pensant qu'elle servirait un jour à mes petits-enfants.

Il y a peu de chances pour que ceux d'Amérique viennent vivre en Europe. Quant à Nathalie, je ne la vois pas à Deauville où Jeanne Laurent ne se sentait pas non plus à l'aise.

Je descends au premier étage et m'adresse au caissier.

— Vous recevrez prochainement des factures de mon fils Jacques et vous serez gentil de les régler, même si elles vous paraissent importantes. Il est possible qu'il ait en outre besoin d'argent liquide…

— Bien, monsieur François…

Pageot. Un brave type de soixante-quatre ans qui aura sa retraite l'an prochain et à qui la banque va manquer.

Je vais téléphoner à Candille. S'il est libre ce soir, je l'inviterai à dîner et nous passerons une soirée paisible à bavarder.

4

Candille est ici. La soirée se déroule comme toutes celles que nous passons ensemble et pourtant, quand je le reconduis jusqu'à l'ascenseur, je me sens déçu, frustré. Je serais incapable de dire pourquoi.

Je suis heureux, en rentrant dans ma chambre, de retrouver Mme Daven qui m'attend pour me mettre au lit. Car on me met au lit comme un enfant. C'est devenu un rite. Comprend-elle que c'est le moment où l'on sent le plus sa solitude ? Mais ne se sent-elle pas seule, elle aussi, quand elle regagne sa chambre ?

J'ai fait servir du caviar, non sans hésiter. C'est gênant, parce que cela a l'air ostentatoire. Le caviar est devenu une sorte de symbole de luxe, de richesse, comme les truffes, le champagne, comme le poulet l'était jadis dans les familles modestes.

Avec Candille, c'est différent. Il est très gourmet et je m'arrange toujours pour lui composer un menu à son goût.

Il porte une barbe carrée, roussâtre, courte et drue comme les poils d'un basset vendéen. Pour lui, ce n'est pas un ornement, mais un moyen de cacher son menton fuyant.

Ses cheveux sont épais aussi, coupés court, et il a la peau granuleuse de certaines grosses oranges.

Il a toujours eu un peu de ventre. Maintenant qu'il atteint ses soixante-cinq ans, il a tendance à engraisser davantage.

La table est devenue trop grande, la salle à manger aussi. Nous paraissons perdus, tous les deux, devant la grande nappe damassée, et je dois avoir l'air plus perdu encore lorsque je mange seul.

Après le caviar on sert une sole normande que mon cuisinier réussit à la perfection et dont le docteur est friand. C'est un plaisir de le voir manger, déguster son vin, s'essuyer les lèvres.

Pas de viande. Des truffes sous la cendre, suivies d'une salade et d'un blanc-manger.

Il savoure, m'observe de ses yeux presque mauves qui paraissent naïfs mais qui sont en réalité pénétrants. Rien ne lui échappe.

— Qu'est-ce qui ne va pas ?

Je le sens gêné, tout à coup, de prendre tant de plaisir à ce repas qu'il sait composé pour lui.

— J'ai eu hier une mauvaise journée. Je m'en remets doucement. Des nouvelles des États-Unis...

— Votre première femme ?

— Elle est à l'hôpital avec un cancer de l'utérus et les médecins hésitent à l'opérer...

Il questionne, comme si c'était naturel :

— Elle a envie de vivre ?

— Je l'ignore. Mon correspondant à New York est allé la voir. Elle est dans une salle de vingt lits où il n'y a que des vieilles femmes couchées et elle a refusé

92

d'être conduite dans une chambre privée où je voulais lui donner une garde personnelle.

— Je la comprends…

— Si on l'opère, paraît-il, elle aura peut-être un an ou deux de répit…

— Et peut-être beaucoup plus…

Candille a, sur certaines questions médicales, des idées qui ne sont pas toujours orthodoxes. Il existe un contraste assez frappant entre son allure plébéienne, ses vêtements toujours flous et déformés, et sa clientèle qui se recrute surtout dans les environs de l'avenue de l'Opéra et de la rue de Rivoli.

— Vous connaissez l'histoire classique de l'opéré du cancer ? On la trouve dans plusieurs manuels et elle s'est réellement passée aux États-Unis.

» Dans je ne sais plus quel hôpital, le chirurgien ouvre le ventre d'un patient atteint de cancer et se trouve devant une tumeur si avancée et si volumineuse qu'il renonce à l'enlever et qu'il se hâte de recoudre.

» Par la suite, il n'y pense plus, persuadé que l'homme est mort quelques jours plus tard.

» Les années passent. Dix ans, quinze ans, peu importe. On lui amène un patient à opérer d'une appendicite et quelque chose le frappe dans la cicatrice.

» Il pense au cancéreux de jadis mais ne trouve aucune trace de cancer.

» L'opération finie, il se renseigne et il s'agit bien de son ancien malade. Un homme simple. On lui a dit que l'opération le guérirait. Il a été opéré et il a guéri.

Je souris sans chaleur car cette histoire me gêne. À cause de mon âge, je m'attends logiquement à des maladies plus ou moins pénibles. Je dirais presque que je suis à l'écoute de mon corps et je me rends compte que c'est malsain. L'histoire de Candille ne fait que le confirmer.

Il n'en poursuit pas moins en maniant sa fourchette :

— Une bonne partie de nos maux nous viennent de notre état d'esprit, de notre moral. Nous nous mettons en état de réceptivité. C'est un peu comme si nous préparions un terrain favorable à la maladie…

On en a oublié Pat. Il en a reparlé plus tard.

— Elle a raison de vouloir rester avec les autres. Cela entretient sa curiosité. Le jour où elle ne sera curieuse de rien…

J'ai failli lui demander :

— Et moi ?

Suis-je encore curieux de quelque chose ? Je n'essaie plus de sortir si peu que ce soit de la routine que je me suis créée.

Je n'en savoure pas moins, d'habitude, les moments successifs de la journée comme Candille savoure son dîner. Une tache de soleil sur le poli d'un meuble m'enchante et, dix fois par jour, je vais à la fenêtre regarder le spectacle de la place Vendôme sous la pluie ou sous un ciel bleu.

— Mon fils aîné est mort.

— Celui d'Amérique ?

— Oui. Il s'est pendu.

À ce sujet-là aussi, Candille a une histoire à raconter.

— Il a laissé une lettre ?

— Non.

— Il avait de la famille ?

94

— Une femme et trois enfants, dont l'aîné travaillait avec lui au garage…

— C'est curieux…

— Pourquoi ? Ses affaires marchaient mal…

— Cela reste curieux… Je me souviens d'un article que j'ai lu dans une revue médicale de Boston… En France, la pendaison est un mode de suicide courant, surtout dans les campagnes où les armes, à part les fusils de chasse, sont assez rares… En outre, les paysans ne connaissent guère les somnifères… Alors, ils vont dans leur grange et fixent une corde à une poutre…

Je l'aime bien, mais je préférerais qu'il n'insiste pas. Pour lui, la mort est un spectacle quotidien qui ne l'impressionne plus. Il la combat, certes. La perte d'un de ses malades l'affecte. Je ne dirais pas qu'il prend ça pour un échec personnel, mais presque. Plus il avance dans la vie et plus il se méfie de la médecine.

Il dit volontiers :

— Tout ce que nous pouvons faire, c'est aider le malade à guérir.

Le voilà parti sur les pendus.

— Aux États-Unis, la situation est différente. Presque chacun possède des armes à feu. Certains en ont de véritables panoplies. D'autre part, la pendaison, réservée autrefois aux assassins et aux voleurs de chevaux, reste considérée comme un châtiment dégradant.

» L'auteur de l'article, un psychologue dont j'ai oublié le nom, en tire la conséquence, douteuse à mon sens, que les gens qui se pendent ont un complexe de culpabilité. Ils choisissent la corde pour se punir eux-mêmes d'une faute réelle ou imaginaire…

— Donald s'est peut-être puni d'avoir mal géré son affaire et d'avoir conduit sa famille à la pauvreté…

Nous passons dans mon studio, qui est plus intime que la salle à manger. J'offre un cigare à Candille et j'en allume un. Je trempe aussi les lèvres dans mon verre d'armagnac bien que, depuis longtemps, je ne boive plus d'alcool.

J'ai bu autrefois. J'ai rarement été ivre, mais je buvais d'une façon régulière.

Il en a été de cela comme du reste. Comme des femmes et des enfants qui m'ont quitté tour à tour.

C'est par l'alcool, justement, que cela a commencé, vers la soixantaine, quand je ne l'ai plus supporté.

— Juste un verre de vin par repas… m'a alors conseillé Candille.

Comme j'étais incapable de me limiter à un verre, j'ai préféré tout supprimer. Plus tard, j'ai diminué de moitié le nombre de cigarettes.

Un jour, sans le savoir, j'ai joué ma dernière partie de golf. Une entorse m'a empêché d'en faire pendant plusieurs semaines et, après, je me suis aperçu que je m'essoufflais vite.

Puis l'équitation…

Puis le ski nautique… Car j'ai été un des premiers à faire du ski nautique, à Cannes, et j'ai continué jusqu'à il y a six ou sept ans.

La vie rétrécit. C'est fatal, mais chaque fois qu'on biffe un mot d'un trait, qu'on s'interdit une nouvelle activité, cela fait un peu mal.

Je ne suis pas malade. Candille prétend que tous mes organes sont en parfait état et que, médicalement parlant, j'ai dix ans de moins que mon âge.

Sa vie n'est-elle pas plus pénible que la mienne ? Il ne s'est marié qu'une fois, assez tard, vers trente-quatre ou trente-cinq ans. Il n'a pas d'enfants.

Et voilà une quinzaine d'années que sa femme vit dans une clinique psychiatrique à une trentaine de kilomètres de Paris. Il va la voir chaque dimanche et, la plupart du temps, elle le reçoit durement, persuadée qu'il l'a fait interner pour vivre avec une autre.

Je connais son appartement, un peu vieillot et confortable. Il a gardé le goût paysan des meubles lourds, sombres et massifs. Une servante, qui a presque son âge, tient son ménage et fait la cuisine.

Pour son cabinet, il a une infirmière qui lui sert de secrétaire. Quand j'ai besoin d'une piqûre pour un bobo quelconque, c'est elle qui vient me la faire.

Elle s'appelle Odile, une grande jument rousse, avec les dents proéminentes et de beaux yeux rieurs.

Candille a-t-il, avec elle, des relations plus intimes ? Je le soupçonne et le souhaite, pour lui comme pour elle.

— Tiens ! je ne vous ai pas dit que mon fils Jacques se marie…

— Celui qui tient une galerie de tableaux ?

— Oui… Il est venu me l'annoncer aujourd'hui…

— Il a une fille, non ?

— À peine moins âgée que l'Allemande que Jacques épouse… Nathalie, sa fille, n'a pas tout à fait seize ans et va entrer aux Beaux-Arts…

Candille sourit, comme si cette idée l'amusait.

— En attendant, elle se maquille comme un mannequin et fréquente les boîtes de Saint-Germain-des-Prés avec des jeunes gens très chevelus…

Son sourire est communicatif. Je souris aussi et il me demande :

— Quel effet cela vous fait-il ?

— Il y a trente ou quarante ans, j'en aurais été choqué. Au fond, alors que je me croyais libre d'esprit, je conservais des préjugés… Par exemple, j'ai hésité à épouser Pat à cause de son métier… Les temps ont changé…

» Mon fils, à trente-huit ans, épouse une gamine de dix-huit…

» Moi, à cinquante-huit ans, j'ai épousé une Italienne de trente-deux ans pour qui c'était le troisième mariage…

— Pour vous aussi, non ?

— Pour moi aussi…

— Qu'est-elle devenue ?

— Je lis parfois son nom dans les journaux, surtout dans les journaux étrangers… Elle a épousé un acteur de Hollywood assez célèbre… Il a tourné récemment en Espagne et on a parlé des relations de mon ex-femme avec un matador…

Elle a dû vieillir, elle aussi. C'est une femme de presque cinquante ans et je l'imagine avec de fines rides au coin des yeux. Elle en avait déjà, très légères, quand nous nous sommes séparés.

Se bat-elle pour conserver coûte que coûte une apparence de jeunesse et passe-t-elle une bonne part de son temps dans les instituts de beauté ? Lorsqu'elle était ma femme et que nous dînions en ville, elle s'y préparait en restant étendue pendant deux heures dans l'obscurité, immobile, un masque trempé de je ne sais quel produit sur le visage.

Nous attachons beaucoup d'importance à la beauté. Celle-ci, presque toujours, décide de notre choix. Or, combien de temps dure-t-elle? Et combien d'années reste-t-il à vivre ensuite?

Si c'était à recommencer... Oui, qu'est-ce que je ferais? La même chose, sans doute. J'aurais la même vie et j'en arriverais au point où j'en suis.

Je ne me plains pas. Je regarde Candille qui savoure son cigare en souhaitant que le téléphone ne se mette pas à sonner. Il ne peut pas quitter son appartement sans dire où il va, pour le cas où un de ses malades aurait besoin de lui.

Il ne se couche jamais avec la certitude de rester au lit jusqu'au matin et, quand il vient dîner chez moi, il apporte sa trousse, à tout hasard, en pensant à la possibilité d'une urgence.

Nous parlons assez longuement de la jeunesse et nous sommes d'accord tous les deux. Ce n'est pas le fond qui a changé. Nous avions, jeunes, les mêmes instincts, les mêmes aspirations, les mêmes dégoûts que les jeunes d'aujourd'hui. La différence, c'est qu'on ne nous permettait pas de nous exprimer.

Alors, ma foi, nous nous cachions. J'ai dû tricher, comme tout le monde à cette époque. Mon père trichait sans doute aussi. Deux fois par an, il allait faire la tournée de ses fournisseurs et il restait chaque fois absent une quinzaine de jours. Je suis persuadé qu'il en profitait pour avoir des aventures. Peut-être pas des aventures très reluisantes, mais des aventures quand même.

Son arrière-petite-fille, elle, ne se cache pas, à moins de seize ans, pour fréquenter les cabarets de nuit.

— Il y a longtemps que vous ne l'avez vue?

— Environ deux mois. Dans la rue. Je faisais des achats, rue Saint-Honoré, et nous nous sommes heurtés sur le trottoir…

— Elle est gaie ?

— Il m'a semblé qu'elle prenait la vie du bon côté.

Il se tait, avec l'air de réfléchir, de peser le pour et le contre. Ses silences m'inquiètent toujours, surtout quand il m'ausculte. Il a, des êtres humains, une plus grande expérience que moi.

Au cours de sa carrière, il a dû collectionner des milliers de cas qui sont pour lui comme des repères, des points de comparaison.

En tant que banquier, je peux dire, sans trop de risques de me tromper, si un homme est solvable ou non, voire s'il y a des chances de réussir dans ses entreprises.

Candille, lui, voit les gens nus, quand la maladie les désarme et qu'ils ne peuvent pas tricher.

Tout à coup, par exemple, il me demande :

— Vous ne vous ennuyez jamais ?

Ce n'est pas une idée qui lui passe par la tête à l'instant. Il a dû m'observer depuis le début du dîner. Nous avons parlé de choses et d'autres, mais il n'en a pas moins poursuivi sa pensée.

— Cela dépend de ce qu'on appelle s'ennuyer. Mes fils et ma petite-fille, par exemple, trouveraient ma vie insipide…

— Et vous ?

Je me sens gêné. C'est une question que j'ai toujours refusé de me poser. Il me regarde de ses yeux mauves qui ont conservé une lueur enfantine.

— Vous n'avez pas un sentiment de vide ?

— Cela m'arrive, comme à tout le monde, je suppose…

— Vous sortez, le soir?

— À peu près jamais…

— Pourquoi?

— Où irais-je? Le théâtre ne m'amuse plus. Je n'ai jamais beaucoup aimé le cinéma. Quant aux dîners en ville et aux réceptions, j'en ai horreur. Serrer des mains, écouter et répéter les mêmes phrases…

— Et ici?

— Il m'arrive de regarder la télévision. Peu importe la qualité du programme. Ce qui compte, ce sont les images. On croit connaître le monde parce qu'on a voyagé et on découvre toujours du nouveau… Même les visages… Leurs expressions…

— Seul?

— Oui. D'autres soirs, je lis. Je suis effaré d'être arrivé à mon âge et d'avoir si peu appris. Je m'arrête fréquemment dans une librairie de la rue Saint-Honoré et tous ces livres rangés sur les rayons, du plancher au plafond, m'humilient.

» J'ai la même impression quand, avenue de l'Opéra, j'entre dans un magasin spécialisé dans les ouvrages anglais ou américains…

» En somme, nous quittons la vie en n'en connaissant qu'une toute petite partie…

— Quel genre de livres?

— Tous… Tous les genres… Tout m'intéresse… Les nouvelles techniques, par exemple, encore que je manque de connaissances de base pour tout comprendre… Les mémoires me révèlent des hommes que je ne soupçonnais pas derrière les personnages historiques…

— À quelle heure vous couchez-vous ?

— D'habitude, vers onze heures…

— Vous dormez bien ?

— Je suis assez long à m'endormir. Ensuite, j'en ai jusqu'au matin. Pourquoi ?

— Rien d'important…

Il regarde autour de lui et, à travers les murs tendus de cuir, il semble juger des dimensions de l'appartement. Chez lui, en dehors de son cabinet de consultation, il n'y a que quatre pièces qui tiendraient toutes les quatre dans mon salon.

Il doit me voir tout petit, tout mince, tout perdu dans cette immensité.

— Vous ne voyagez plus ?

— Je hais les touristes. Dès qu'il met le pied à l'étranger, l'homme devient insolent et barbare…

J'ajoute après un silence :

— Vous me trouvez mauvaise mine ?

— Je me méfie de la mélancolie…

Je crois que je rougis et qu'il s'en aperçoit. Il n'en ajoute pas moins :

— De la mélancolie et de la résignation…

— Je ne suis pas résigné et, au contraire, je savoure chaque minute de la journée…

Je sais ce qu'il pense, l'interprétation qu'il donne à cette phrase. Je savoure *exprès*. Au prix d'un effort, d'une discipline. Il y a vingt ans, je n'allais pas dix fois par jour à la fenêtre pour contempler la place Vendôme.

Je ne faisais pas non plus le tour des pièces pour jouir de mes tableaux. Je ne caressais pas non plus en passant la tête de femme sculptée par Rodin…

C'était le cadre de ma vie, sans plus.

Ma vie était en moi et ce n'était pas seulement le désir de survivre.

Je n'en veux pas à Candille. Il n'a pas parlé en l'air. Je finis toujours, plus tard, par comprendre la raison de ses paroles ou de ses attitudes. Il a beau être mon ami, il reste médecin avant tout. Il est parti avec sa trousse qu'il a tant trimbalée qu'elle lui fait pencher l'épaule droite.

J'éteins les lumières, puisque j'ai acquis des manies. Mme Daven m'a entendu refermer la porte d'entrée et m'attend dans ma chambre. Elle m'observe à son tour, d'un autre œil que Candille.

— Vous êtes déçu ? me demande-t-elle tandis que je retire mon veston, puis ma cravate.

— Pourquoi me demandez-vous ça ?

— D'habitude, quand le docteur vient passer la soirée avec vous, cela vous stimule…

Je sais. Ce soir, il m'a donné à réfléchir. On dirait qu'il veut que je réfléchisse et que je découvre qu'il y a quelque chose à changer dans mon mode de vie.

Quoi ? Je l'ignore. Lui aussi, probablement. Qu'est-ce qui l'inquiète en moi ?

— Il craint que je m'ennuie… dis-je enfin.

— Vous ne vous ennuyez pas ?

Je me trompe peut-être. Je crois déceler une certaine émotion dans sa voix. Elle est seule aussi. Je ne lui connais pas de famille. Personne ne vient la voir. Théoriquement, elle a un jour de congé par semaine, ses soirées libres, mais la plupart du temps elle reste dans l'appartement.

— Je ne crois pas que je m'ennuie…

C'est plus compliqué. C'est justement pourquoi Candille a voulu me forcer à réfléchir.

— Vous vous ennuyez, vous ?

Et elle répond avec une ardeur inattendue :

— Jamais !

Samedi, dimanche et lundi, je suis resté au lit avec la grippe. Je n'ai pas appelé Candille, sachant ce qu'il me donne en pareil cas. J'ai l'habitude, depuis une quinzaine d'années, de faire une ou deux grippes par an et je soupçonne que, dans mon cas, la théorie du docteur pourrait se confirmer. Je n'irai pas jusqu'à dire que je m'échappe volontairement, ou que c'est un moyen de me replier sur moi-même.

Je n'en ai pas moins remarqué que ces grippes se déclarent presque toujours à des moments de lassitude ou de découragement. La température est pourtant là, la langue blanche, les yeux humides, la gorge enflammée.

Mme Daven m'a demandé la permission de passer la matinée et l'après-midi dans ma chambre afin d'être à portée quand j'ai besoin de quelque chose.

— Je peux m'installer dans le studio, si vous préférez…

— Restez…

— Cela ne vous gêne pas que je lise ?

J'aime mieux ça que de la voir coudre. Je n'aime pas les femmes qui cousent ou qui tricotent. Cela remonte à très loin, à mon enfance, quand je voyais ma mère, mes tantes, les voisines, les vieilles femmes sur les bancs publics passer des heures à tricoter.

Je lis, de mon côté, non sans m'assoupir deux ou trois fois.

Lundi, je me lève, sans quitter la chambre. Mardi, je déjeune dans la salle à manger et quand Jeanne me téléphone pour savoir si elle peut venir dîner je lui réponds que oui.

Avant son arrivée, je me regarde assez longtemps dans le miroir. Je n'aime pas lui paraître trop fané. Si mes yeux restent un peu fiévreux, je n'ai pas trop mauvaise mine.

Elle arrive à sept heures et demie exactement, comme les autres fois. C'est une femme qui ne fait pas attendre et qui organise ses journées à la perfection, car elle n'est jamais pressée non plus.

— Comment vas-tu? dis-je en lui tendant la main.

Depuis le divorce, nous nous serrons la main. C'est devenu un geste naturel. Au début, il nous semblait drôle, après nous être embrassés pendant tant d'années.

En réalité, cela ne laisse pas de traces. J'ai de la peine à croire que nous avons couché dans le même lit et que je prenais plaisir à faire l'amour avec elle.

— Et toi?

— Je viens d'avoir une petite grippe. Tu n'as pas peur de l'attraper?

— Tu sais bien que j'ai une santé de fer.

Elle vieillit bien. On aurait pu croire que, petite et mince, elle allait se dessécher. C'est le contraire qui s'est produit. Elle est devenue plus moelleuse, sans pour autant prendre de l'embonpoint.

Ses yeux, très intelligents, ont acquis un certain sérieux et on a l'impression qu'elle comprend tout, qu'elle pardonne tout.

Je me demande l'effet que ça lui fait d'entrer ici comme invitée alors qu'elle était autrefois la maîtresse de maison. Sa chambre n'a pas changé. Elle n'a pas voulu en emporter les meubles, ni ceux de son boudoir, en prétendant qu'ils ne conviendraient pas à son nouvel appartement.

Quant à ce que j'appelle ma comtesse italienne, elle n'a eu le temps de rien transformer, car nous avons presque toujours été en voyage.

Je ne connais pas l'appartement que Jeanne habite avec Nathalie. Elle ne m'y a pas invité. Je ne lui ai pas demandé la permission d'aller le voir.

Je connais l'immeuble, très moderne, construit à l'emplacement de deux maisons de trois étages un peu avant le carrefour Montparnasse. Jeanne habite tout en haut, d'où on doit avoir une fort belle vue.

— Tu n'as plus eu de nouvelles de Pat? Tu crois qu'elle a des chances de s'en tirer?

— Je ne sais pas…

Il y a toujours eu une interrogation dans ses yeux. Je suis persuadé que, dès que nous nous sommes connus, elle s'est demandé si j'étais un parfait égoïste ou si j'étais au contraire incapable d'extérioriser mes émotions.

Je lui parle de Pat et de la mort de mon fils avec trop de calme pour son goût.

Pendant ce temps-là, je lui prépare un dry martini et me verse un demi-verre de porto.

— À ta santé…

— À la tienne…

Du salon, nous passons à mon studio en attendant qu'on nous annonce le dîner. Je n'aime pas ce mot studio qui me fait penser aux petites annonces. Je ne peux pourtant pas dire boudoir? Petit salon fait ridicule aussi.

— C'est chic, ce que tu as fait pour Jacques... Quand il est venu m'en parler, il était encore dans tous ses états... Il s'attendait, le pauvre, à ce que son mariage avec une aussi jeune fille te mette de mauvaise humeur...

— Il n'y a pas de raison...

— C'est ce que je lui ai dit... Il est en train de faire des plans avec son architecte, mais je crois qu'il n'attendra pas d'emménager pour se marier... J'ai visité le magasin et l'appartement du premier... C'est vraiment bien...

Elle m'observe à petits coups. Elle l'a toujours fait. Tout le temps que j'ai vécu avec elle, j'ai eu l'impression que j'avais à côté de moi quelqu'un qui me jugeait.

Elle continue. À chaque visite, elle doit me trouver un peu plus vieilli, avec un peu moins d'entrain. Alors, je me force. C'est ridicule, car je sais que je ne lui donne pas le change.

— Tu ne t'ennuies pas?

— Non.

— Tu ne regrettes pas d'avoir abandonné la direction effective de la banque?

— Non.

— Tu y descends encore chaque matin?

— L'après-midi aussi...

Je ne veux pas de pitié et je la sens au bord de la pitié. Elle connaît les enfilades de pièces dans lesquelles je vis et elle doit me voir mince et chétif au milieu de tout cet espace.

Je lui demande :

— Tu as rencontré cette Hilda ?

— Il me l'a présentée, oui. Nous avons dîné ensemble chez Lipp.

Moi, on ne me l'a pas présentée. Je serai le dernier à la voir. Je ne fais pas partie de leur clan.

Le mot n'est pas juste, mais je n'en trouve pas d'autre. Il y a entre eux une complicité naturelle qui leur permet de discuter de questions qu'ils n'aborderaient pas avec moi.

Cela a toujours existé. Avec Jean-Luc aussi, qui va voir sa mère chaque fois qu'il est à Paris mais qui me rend rarement visite.

Je suis persuadé qu'ils m'aiment bien. Ils ont même, peut-être, une certaine admiration pour moi, pour le chemin que j'ai parcouru depuis Mâcon. Néanmoins, ils n'ont pas envie de me ressembler et ils m'en veulent du cadre dans lequel je les ai élevés.

C'est difficile à expliquer. Je ne dirais pas qu'ils sont cyniques, qu'ils n'en veulent qu'à mon argent. Ce serait faux. Le hasard veut cependant qu'ils ne viennent me voir que quand ils ont besoin de moi.

Comment parlent-ils, entre eux ?

« — Ce pauvre vieux Dad… »

Un homme d'une autre époque, dans un décor d'une autre époque…

« — Sa vie ne doit pas être gaie tous les jours… »

« — Il a passé assez d'années sans se priver, non ? »

C'est vrai que je ne me suis privé de rien.

— Nathalie ne t'a pas téléphoné ?

— Elle devait le faire ?

— Elle m'a dit incidemment qu'elle avait envie de te voir un de ces jours et je lui ai recommandé de te téléphoner d'abord…

— Pourquoi?

— Pour être sûre de ne pas te déranger.

— Il n'y a pas de raison pour qu'elle me dérange…

— Tu pourrais être avec quelqu'un…

— Tu veux dire avec une femme?

— Par exemple…

— Je ne reçois pas de femme ici…

Elle paraît surprise, puis elle prend un air malicieux.

— C'est Mme Daven qui…

Je rougis. Je n'ai jamais touché à Mme Daven et Jeanne la connaît à peine car elle n'était pas dans la maison de son temps. C'est après le départ de Nora que, resté seul, j'ai cherché une femme de chambre.

— Tu te trompes.

— Alors, comment fais-tu?

Cela l'amuse. Elle a toujours posé des questions indiscrètes, même à nos amis qu'elle mettait dans l'embarras.

— Je vais chez Mme Blanche.

— Qui est Mme Blanche?

— Une vieille dame très distinguée, à cheveux blancs, qui habite un hôtel particulier de la rue de Longchamp. N'y entre pas qui veut. Il faut montrer patte blanche. Et il vaut mieux s'annoncer quelques heures à l'avance…

— Je vois…

— Elle connaît beaucoup de jeunes personnes…

J'hésite à lui demander :

— Et toi?

Je n'ai pas cette cruauté, bien que je lui en veuille d'avoir mis Mme Daven sur le tapis.

— Je ne sais pas ce que Nathalie te racontera. Avec elle, tu peux t'attendre à des surprises…

— Jacques m'en a parlé… Son maquillage… Ses cigarettes… Les amis chevelus avec qui elle hante les boîtes de Saint-Germain-des-Prés…

— Je l'ai mise en garde… J'ai essayé de la retenir… À ce train-là, elle finira par s'user…

Nous passons à table. Je fais servir du champagne brut, car Jeanne a toujours aimé dîner au champagne. C'est vraiment par goût. Un potage léger. Un demi-pigeon. Beaucoup de salade et pas de dessert.

— Qu'est-ce que je disais?… Ah! oui… Je me demande comment ses nerfs peuvent tenir… Et pourtant je passe à peu près toutes mes soirées à la maison… Il est rarissime que je sorte après le dîner…

» Elle rôde autour de moi pour se donner du courage puis finit par dire d'un ton négligent :

» — Tu ne regardes pas la télévision?

» — Non…

» — Cela t'ennuie que je sorte une petite heure?… Je m'en veux de te laisser seule, mais…

» — Une petite heure?

» — Peut-être plus…

» — N'oublie pas ta clef…

» Car je sais qu'elle ne rentrera pas avant une heure ou deux du matin.

Jeanne allume une cigarette et je m'aperçois, lorsqu'elle tend les lèvres, que ce qui a le plus vieilli c'est sa bouche. Il y a, de chaque côté, un trait assez profond, comme si sa mâchoire s'était un peu affaissée.

— Parfois, je l'emmène dîner au restaurant, sachant bien que ma compagnie ne l'amuse pas. D'autre part, elle garde une certaine candeur.

» — Tu sais, m'a-t-elle demandé l'autre jour, depuis combien de temps Jacques et Hilda couchent ensemble ?

» — J'ignorais même qu'ils le faisaient.

» — Tu ne t'en es pas doutée ?

» — L'idée ne m'est pas venue de me poser la question. À qui l'as-tu posée, toi ? À ton père ?

» — À Hilda… C'est une fille du tonnerre… Jacques aurait pu choisir une femme de son âge que j'aurais détestée…

» Elle appelle toujours son père Jacques et moi je reste Jeanne.

Il n'y a que moi à être Daddy. Faute, sans doute, d'oser dire grand-père.

— … Il en a pris une qui est presque du mien et nous allons pouvoir être copines… Nous le sommes déjà…

» — J'espère que tu ne vas pas trop souvent les déranger ?

» — Je ne les dérange pas… Si je dérangeais, Hilda me le dirait… Elle me dit tout… Moi aussi…

» Elle a rencontré Jacques il y a quatre mois et, trois jours plus tard, elle couchait avec lui… Il n'était pas le premier… Avant lui, il y a eu un musicien, un guitariste anglais…

» Voilà notre petite-fille…

Elle m'a regardé avec étonnement car je restais calme, un léger sourire aux lèvres.

— Tu ne t'inquiètes pas ?

— À quoi bon ?

— Tu es indifférent à ce qui pourrait arriver ?

— Non. J'ai seulement appris qu'on ne change pas le destin d'un être…

— Tu as changé le mien…

— Même pas… Tu as habité ici et tu as eu deux enfants… Tu n'en es pas moins restée fidèle à ta carrière et tu es arrivée aujourd'hui là où tu avais décidé d'arriver : dans le fauteuil d'une directrice…

— C'est un reproche ?

— Non. Ni toi ni moi n'avons eu la moindre influence sur Jean-Luc. Ou plutôt notre influence a été négative. Notre genre de vie l'a tellement écœuré qu'il s'est engagé dans les parachutistes.

Elle s'étonne de m'entendre parler ainsi et, ce qui la surprend le plus, c'est le ton léger que j'ai adopté. Ce n'est pas un jeu que je joue. Je me sens vraiment léger, tout à coup.

Je la regarde et, pour la première fois, je suis plus jeune qu'elle. Plus dégagé, aussi, de toutes les conventions.

— Il a toujours aimé le sport, le grand air… essaie-t-elle de protester.

— Comme tu voudras. Est-ce que Jacques a toujours aimé la bohème ? Pourquoi, dès que cela lui a été possible, a-t-il plongé dans celle de Saint-Germain-des-Prés ?

Elle paraît interloquée, comme si ces idées ne lui étaient jamais venues. Je sens que je la choque, elle qui a tant d'expérience.

— À présent, c'est au tour de Nathalie. Elle s'y prend plus tôt que les autres, peut-être parce que c'est une petite femelle, peut-être simplement parce qu'elle trouve la voie toute tracée…

Elle rit, d'un rire forcé.

— Et moi qui m'attendais à des reproches !

— Pourquoi ?

— Tu aurais pu m'en vouloir de lui avoir laissé trop de liberté…

Je lui souris.

— Tu es un drôle d'homme, François…

— Les années ont fini par m'apprendre quelques petites choses…

— À moi aussi, mais je commence à croire que je suis restée plus vieux jeu que toi… Cela ne t'inquiète pas que, dans l'avenir, elle soit plus souvent quai des Grands-Augustins que chez moi ?

— Cela ne durera pas.

— Pourquoi ?

— Parce que Jacques et sa femme en auront vite assez… Sa femme surtout… Pour la première fois, elle va avoir un ménage à elle, un homme à elle, un appartement à elle, et elle ne voudra rien partager…

En suis-je si sûr que ça ?

Quand Jean-Luc vient à Paris, il descend chez son frère et, plusieurs fois par an, Jacques se rend à Saint-Tropez.

— Cela ne ressemble pas à ce que Nathalie m'a dit…

— Qu'a-t-elle dit ?

— Tu sais, Jeanne, nous, on forme un gang et Jean-Luc en fait partie. Pendant les vacances, on descendra tous à Saint-Tropez. Peut-être même irons-nous passer Noël à Megève…

Cela me fait un peu mal. Un tout petit peu. Est-ce que cela fait mal à mon ancienne femme ?

Encore, elle, est-elle presque dans le coup. On la met dans la confidence. On ne l'invite pas à faire partie du gang, comme dit Nathalie, mais on la tient au courant.

Ils se sont créé de toutes pièces un état d'esprit qui ne doit rien au nôtre. Entre eux, ils se détendent et rien ne compte que leur plaisir du moment.

Je n'ose pas leur donner tort. Contrairement à Jeanne, je ne juge pas. Je me suis toujours efforcé de ne juger personne.

— Je ne t'empêche pas de te coucher ?

— Non…

— Il paraît que Donald laisse une veuve et trois enfants ?

— C'est exact…

— Je suppose que tu t'en es occupé ?

— Bien entendu, j'ai fait le nécessaire…

— Ils portent ton nom, naturellement ?

— Quel nom porteraient-ils ? Ce sont mes petits-enfants au même titre que Nathalie et que ceux qui viendront sans doute…

Je sens une petite raideur. Des deux femmes que j'ai eues, l'une avant, l'autre après notre mariage, Jeanne ne s'est jamais montrée jalouse, pas plus qu'elle ne l'était quand j'avais une passade.

Je jurerais qu'il n'en est pas de même en ce qui concerne les enfants. Ce sont ses enfants à elle. Elle doit voir d'un mauvais œil la concurrence de ces trois Américains qui viendront un jour réclamer leur part d'héritage.

Je continue, imperturbable :

— J'ignore comment est la fille… Elle n'était pas là quand Eddie Parker est allé à Newark… L'aîné est très bien… À vingt ans, il se sent capable de prendre la responsabilité de la famille… Quant à l'affaire, elle n'est pas difficile à diriger…

— Et quand il sera amoureux ?

— Me suis-je inquiété, quand Jacques s'est marié pour la première fois, puis, la semaine dernière, quand il est venu me parler de Hilda ?

— Le cas n'est pas le même…

— Pourquoi ?

Elle ne sait que répondre.

— Tu iras là-bas ?

— Je ne pense pas.

— Ils ne t'intéressent pas ?

— Je ne me sens pas le courage de passer des heures en avion…

— Il y a des bateaux…

— Au fond, je n'ai plus envie de voyager… Plus tard, s'ils veulent me connaître, ils pourront toujours venir me voir…

Je m'en veux de ma cruauté. Jeanne n'est qu'une mère comme toutes les mères.

Pendant tout le temps qu'elle a été ma femme, elle n'a pas essayé de changer mon caractère ou mon genre de vie, comme tant d'autres le font.

Nous ne sommes peut-être pas restés longtemps amants, mais nous sommes devenus de bons copains.

Nous le sommes encore.

Je m'en tire en murmurant :

— La vie est imprévisible…

Cela ne veut rien dire. Au train où vont les choses, existera-t-il encore des banques privées dans dix ans, dans cinq ans ? Il est fort possible que l'héritage apparaisse un jour comme une coutume monstrueuse...

Jeanne se lève.

— Je vais te laisser...

— Dis à Nathalie qu'elle peut venir quand elle voudra...

— Je le lui dirai...

— Cela me fera plaisir... Merci d'être venue...

Elle sourit.

— Il me semble que tu deviens bien cérémonieux...

C'est mon tour de sourire.

Allons ! Nous restons de vieux amis malgré tout.

5

Nous sommes mardi. Il y a une semaine, jour pour jour, que j'ai reçu la lettre de Pat.

Ce matin, il s'est produit un petit fait qui m'agace. Jeanne en est involontairement la cause. Hier soir, elle a parlé de Mme Daven d'une façon qui m'a déplu.

Alors, ce matin, pendant qu'elle ouvrait les rideaux, je l'ai regardée, malgré moi, autrement que je la regarde d'habitude. Tout à coup, elle s'est retournée. Qu'a-t-elle surpris dans mes yeux ? En tout cas, elle a rougi comme moi la veille et sa main tremblait quand elle m'a tendu ma tasse de café.

N'est-ce pas ridicule, à soixante-quatorze ans ? Je pense beaucoup à mon âge, beaucoup trop. Par exemple, si je vais de temps en temps rue de Longchamp, chez Mme Blanche, c'est parce que je ne veux pas imposer le vieux bonhomme que je suis à une autre femme qu'une professionnelle.

Cependant, je ne me sens pas vieux. J'ignore si les hommes de mon âge ont la même impression que moi. Au fond, il me semble que je suis resté un gamin.

Quand j'étais jeune homme, j'étais persuadé que l'état de grande personne existe, qu'il y a un moment, dans la vie, où on se sent fort, sûr de soi, et où on envisage les problèmes avec lucidité et sang-froid.

C'est faux. Certains hommes jouent mieux la comédie, se bardent de vêtements austères et solennels, donnent à leur visage une gravité artificielle. On a inventé des titres, ce qu'on appelle des honneurs, des décorations, des académies.

Et toutes ces gens restent quand même des petits garçons !

Tout à l'heure, j'ai rougi, comme pris en faute. Et maintenant, que va-t-il arriver ? Cela arrivera sûrement et j'espère que ça ne va pas tout gâcher.

Pourquoi la façon dont j'ai rencontré la comtesse Passarelli me vient-elle à l'esprit alors que je suis dans ma baignoire ? Peut-être parce que, cette fois-là encore, je me suis conduit comme un jeune homme qui vient de muer.

J'avais cinquante-huit ans. Il y avait sept ans que j'avais divorcé d'avec Jeanne et je n'éprouvais pas le besoin de reprendre femme. J'avais des aventures et jouissais de ma liberté.

Cela s'est passé à Deauville. Je jouais et j'avais en face de moi un bel homme à cheveux blancs, au visage très jeune, le marquis d'Énanches. Pourquoi nous sommes-nous trouvés soudain en compétition ? Chaque fois qu'il prenait la banque, j'annonçais banco et il en faisait de même dès que m'arrivait le sabot. À chaque tour, nous augmentions la mise, de sorte que nous en étions arrivés à jouer assez gros jeu.

Les autres étaient pratiquement hors du coup et des curieux, debout, suivaient notre duel.

C'est alors qu'une jeune femme est arrivée, sobrement vêtue de noir, portant une parure de diamants admirable. Debout derrière le marquis, elle s'est penchée pour l'embrasser sur la joue. Il s'est retourné en souriant et lui a serré le bout des doigts.

J'étais certain qu'ils étaient amants. Brusquement, l'idée m'est venue de la lui prendre. Un défi, en somme. Comme si je cherchais à me rassurer. Cela a pris une semaine et, en fin de compte, je n'ai réussi qu'en parlant mariage.

Je l'ai donc épousée et, pendant trois ans, elle m'a mené dans tous les endroits qu'elle avait l'habitude de fréquenter.

— Je m'excuse, ma chère, mais je vais devoir vivre davantage à Paris, où mes affaires me retiennent. Je ne les ai que trop négligées depuis que je vous connais…

Nous ne nous sommes jamais tutoyés, elle et moi. Il n'y a jamais eu de véritable intimité entre nous.

— Pourquoi ne l'avez-vous pas dit plus tôt ?

Elle me regardait avec de grands yeux étonnés.

— Moi qui croyais vous faire plaisir en vous distrayant…

Elle a proposé tout naturellement de divorcer et c'est ce que nous avons fait. Elle n'a pas réclamé d'alimonie.

Étais-je plus mûr quand, avant elle, j'ai épousé Jeanne ? Pour la première fois, je rencontrais une jeune fille aussi intelligente qu'attrayante. J'ai cru d'abord être pour elle un ami. Puis, un beau jour, nous avons couché ensemble et j'ai cru de mon devoir de l'épouser.

Quant à Pat…

Pauvre Pat ! Je pense à elle sur son lit de Bellevue. Elle était modèle, avec un corps parfait. Elle était américaine et j'étais en train de découvrir l'Amérique…

Si je fouillais tout au fond de moi-même, je découvrirais sans doute que beaucoup de mes actes n'ont été accomplis qu'en vue de me rassurer. Les hommes, entre eux, ont des pudeurs qu'ils perdent en présence des femmes. Je n'ai jamais demandé à un homme de mon âge s'il connaissait les mêmes troubles que moi.

Mme Daven m'a préparé un complet d'un gris assez clair pour la saison. C'est elle, la plupart du temps, qui le matin choisit le vêtement que je vais porter. Presque toujours, elle tombe juste. Est-ce exprès, aujourd'hui, qu'elle a sorti celui de mes costumes qui fait le plus jeune et le plus gai ?

Cela me gêne. Elle aussi, me semble-t-il, me regarde pour quêter mon approbation.

— Il y a justement du soleil… dis-je en regardant vers la fenêtre.

Je descends au bureau à neuf heures cinq, comme d'habitude, et m'assieds devant mon courrier. Des factures, surtout. Des demandes d'argent pour des œuvres de toutes sortes. Des lettres de tapeurs professionnels. Ils ne se rendent pas compte qu'avec un peu d'habitude on les reconnaît dès les premières lignes.

Un faire-part mortuaire. D'abord, le nom ne me dit rien. Lucien Lagrange, décédé dans sa quatre-vingt-septième année. Une longue liste de titres et de décorations.

Je finis par découvrir qu'il a été jadis gouverneur de la Banque de France et que nous nous sommes rencontrés un assez grand nombre de fois. Je le croyais mort depuis longtemps.

Je sors de mon tiroir le carnet d'adresses relié en rouge. Je l'ai acheté, boulevard Saint-Michel, quand j'étais encore à la Faculté de droit. Je n'en ai jamais changé. Il contient les noms de tous ceux qui ont été mes amis, mes camarades, de simples connaissances, des noms de femmes avec leur numéro de téléphone.

Chaque fois que j'apprends un décès, je biffe le nom au crayon bleu, et les noms biffés sont plus nombreux que les autres. Mon carnet d'adresses me fait penser à un cimetière.

Je le feuillette, ce matin. Je retrouve la trace de gens que j'avais oubliés. Pour certains, je ne suis pas sûr qu'ils soient morts. Ils ont disparu de la circulation, plus exactement ils ont disparu de mon orbite.

Ceux qui me connaissent doivent tenir, comme moi, leur carnet à jour et il arrivera un matin où, en recevant un avis bordé de noir, c'est mon nom qu'ils bifferont.

Il vaut mieux que j'aille au club. Gymnastique. Massage. Quelques brasses dans la piscine.

— Vous, au moins, vous avez de la volonté, me répète souvent René. Aussi, voyez dans quelle forme vous restez...

Il croit me faire plaisir. Or, pour moi, cela signifie que, si je ne prenais pas de précautions, je serais un vieillard avachi.

Un vieillard... Un gamin... À quoi bon penser à cela ?

Un de ces jours, il faudra que j'aille à la campagne. Il y a longtemps que je n'ai pas vu une vraie campagne, un village, des vaches, un chemin creux.

Avant, il m'arrivait de me faire conduire n'importe où, à trente ou quarante kilomètres de Paris. Je disais à Émile de s'arrêter et je marchais au hasard. Parfois j'entrais dans une auberge et j'y commandais un verre de petit vin du pays. On me regardait curieusement, parce qu'on m'avait vu descendre d'une Rolls.

— Place de l'Opéra, Émile…

J'ai envie de sentir la foule couler autour de moi, de regarder les vitrines. L'air est tiède. Je retrouve, tout le long de la rue de la Paix, la plupart des magasins que j'ai toujours connus.

Je vais au bar du Ritz pour y boire mon porto et Georges, le barman, remarque :

— Voilà longtemps que vous n'êtes venu nous voir…

Il m'observe, comme pour savoir si j'ai changé, ou si j'ai été malade.

— Vous êtes toujours le même ! En pleine forme ! Et aussi svelte…

Je déjeune seul, tandis que Mme Daven m'apporte les plats. Je ne me suis pas trompé, ce matin. Il y a bien une gêne entre nous. Je ne sais pas encore comment m'y prendre, ni s'il vaut mieux brusquer les choses.

C'est curieux que ce soit Jeanne qui ait créé cette situation. On pourrait penser qu'elle l'a fait étourdiment mais, comme je la connais, elle n'a pas parlé en l'air.

Ma sieste. Ce qui importe, c'est de ne pas penser. Seulement des images. De préférence des images très anciennes. Souvent je choisis des images de mon enfance, surtout celles qui sont un peu floues. À la fin, elles se mélangent, et c'est signe que je vais m'endormir.

Je suis surpris de voir le soleil pénétrer dans la pièce. Mme Daven, debout près de la fenêtre, achève de tirer les rideaux.

— Je crois que, cette fois, vous avez dormi, n'est-ce pas ?

— Il me semble même que j'ai rêvé…

Je cherche en vain mon rêve. Il était tout en douceur.

— Quelqu'un vous attend au salon.

— Qui ?

— Une jeune femme qui m'a simplement priée d'annoncer Hilda…

Jacques a dû lui dire que c'est après ma sieste qu'on a le plus de chances de me trouver.

— Elle est seule ?

— Oui.

Cela me paraît curieux, mais je n'en suis plus à une bizarrerie près. Je prends mon temps. Le moment de mon café est un de ceux que je préfère de la journée et je le bois à petites gorgées, non sans aller une fois ou deux à la fenêtre.

Pourquoi est-ce que je pense à la somptuosité de l'époque à laquelle la place Vendôme a été construite ? C'était l'époque de Versailles aussi. Les hommes portaient des vêtements de soie chatoyante, des perruques.

Ils avaient besoin, eux aussi, de se rassurer. Y compris, sans doute, Louis XIV, qui avait organisé autour de lui toute cette pompe.

Je traverse le studio et j'entre dans le salon. Une grande fille blonde, plantée devant le remorqueur de

Vlaminck, se retourne vivement et je lis de la surprise dans son regard.

Est-ce que mon aspect l'étonne ? Me voyait-elle autrement, d'après les descriptions de Jacques ou de Nathalie ? Plus grand ? Plus gras ? Plus vieux ? Plus jeune ?

Elle a un visage ouvert et me regarde crânement en face.

— Je ne crois pas que ce soit poli, n'est-ce pas ?

Je souris en lui tendant la main. Elle porte une jupe écossaise, très courte, des bas blancs qui s'arrêtent au-dessous des genoux et des mocassins.

Son blouson beige achève de lui donner l'air d'une collégienne, mais elle a une bonne tête de plus que moi.

— J'ai pensé que si j'attendais que Jacques vienne me présenter…

— Je suppose qu'il est pris par l'aménagement des nouveaux locaux ?

— Vous ne savez pas dans quel état votre générosité l'a mis. Il bouillonne d'idées. Tous les jours, il en trouve de nouvelles et le pauvre architecte ne sait plus à laquelle s'arrêter…

Elle parle le français sans avoir à chercher ses mots, avec tout juste une pointe d'accent.

Elle se retourne vers le Vlaminck.

— C'est magnifique, non ? Cela devait être merveilleux d'être peintre à cette époque…

Puis elle regarde autour d'elle en hochant la tête. Il est évident que le salon l'impressionne.

— Je ne croyais pas que cela existait encore…

Elle désigne les tableaux l'un après l'autre :

— Un Cézanne… Un Picasso… Un Juan Gris… Ce sont de véritables pièces de musée, vous vous en rendez compte ?

Je lui souris car on la sent toute droite, exempte de complications. Je ne remarque aucun maquillage. Peut-être un peu de poudre et un rien de rouge à lèvres ?

— Et la vue ?… Les meubles sont d'époque, j'en suis sûre…

— Oui… Dans mon studio se trouve mon tableau préféré… Un Renoir… Vous voulez le voir ?

Nous traversons la salle à manger et elle continue de tout regarder avec de grands yeux éblouis. Dans le studio, elle est si surprise qu'elle se tourne vivement vers moi.

— C'est votre idée d'avoir recouvert les murs de cuir ?

— J'ai pensé que c'est plus masculin…

Elle regarde ma jeune baigneuse avec une sorte de tendresse.

— Je ne m'attendais pas à tout ça… Je croyais trouver un appartement sévère, comme chez la plupart des gens riches… Il y a longtemps que vous êtes collectionneur ?

— Je ne suis pas collectionneur… J'ai simplement acheté des tableaux qui me plaisaient, certains quand je n'avais pas beaucoup d'argent… Ils ne coûtaient pas cher, à l'époque…

— On dirait un conte de fées…

Elle a de longues jambes, de longues cuisses, des cheveux très blonds. À côté d'elle, Nathalie doit paraître terriblement sophistiquée. Ou tellement gosse, au fond,

125

car son maquillage, ses cigarettes, ses artifices lui passeront sans doute un jour.

— C'est vrai que vous avez tout de suite dit oui quand Jacques vous a annoncé son désir de se marier ?

— Il est adulte, non ?

— Bien sûr. Cela aurait pu vous contrarier de voir une inconnue s'introduire dans la famille…

— Je me doutais que vous ne resteriez pas une inconnue…

— Quel effet est-ce que je vous fais ?

Elle est si directe qu'elle me déroute.

— L'effet d'une grande fille saine et fraîche…

— Mon attitude ne vous paraît pas naïve ?

— Je la trouve plutôt spontanée… Qu'est-ce que je peux vous offrir ?… Un scotch ?

— Je suppose que vous n'avez pas de jus de fruits ?

— Certainement…

Je sonne. Mme Daven s'aperçoit tout de suite que nous sommes déjà amis, Hilda et moi.

— Quels jus de fruits avons-nous ?

— Orange, framboise, citron…

— Framboise, si vous permettez… Et vous ?

— Je viens de boire mon café…

— Je sais… Après votre sieste… Je suis au courant de beaucoup de choses… Seulement, je les imaginais autrement…

Nous sommes assis face à face dans les fauteuils de cuir et je lui suis reconnaissant de ne pas tirer sans cesse sur sa jupe comme la plupart des femmes qui s'habillent court. Il lui importe peu que je voie la moitié de ses cuisses. Elle pourrait aussi bien être naturiste.

— De quelle partie de l'Allemagne êtes-vous ?

— De Cologne… Mon père est professeur de piano… Quand je dis ça, on me regarde avec surprise, car les gens pensent que personne n'apprend plus à jouer du piano… J'ai deux frères plus jeunes que moi… Ma mère est très jeune aussi…

— Vous leur avez annoncé votre mariage ?

— Évidemment… Je leur écris deux ou trois fois par semaine, surtout à mon père… Nous sommes comme des complices, tous les deux…

C'est une joie que je n'ai pas connue. J'envie cet homme-là.

— Par exemple, quand j'ai décidé de venir étudier à Paris, c'est à lui que j'en ai parlé… Maman aurait poussé de hauts cris et aurait tout fait pour m'en empêcher… Mon père a arrangé les choses… C'est un homme doux, patient, qui finit toujours par en arriver où il veut…

Elle boit son jus de framboise comme une enfant et un cerne violet se dessine autour des lèvres. Elle le devine à mon regard, sort un mouchoir de son sac, le mouille avec la langue.

— Est-ce que Jacques vous a dit comment nous aimerions nous marier ?

— Il ne m'a donné aucun renseignement. Mes garçons et ma petite-fille me fournissent très peu de détails sur leur vie privée…

— Pourquoi ?

— Sans doute parce qu'ils me trouvent trop vieux pour comprendre…

— Vous n'êtes pas vieux… Moi, je raconte tout à mon père… Quand je suis devenue amoureuse de

Jacques et que j'ai fait l'amour avec lui, je le lui ai écrit…

C'est merveilleux. On ne se lasse pas de la regarder et de l'entendre et on se demande pourquoi, quand on était jeune, on n'a pas eu la chance de rencontrer une fille comme elle.

Est-ce que mon fils se rend compte de la rareté de sa découverte ? Ne risque-t-il pas de la gâcher en la plongeant dans le monde de Saint-Germain-des-Prés, en l'emmenant à Saint-Tropez, que sais-je encore ?

— D'ailleurs, à vous aussi, je dirai ce qui me passe par la tête… Cela vous ennuie que je vienne vous voir de temps en temps ?

— J'en serais ravi…

— Nathalie ne vient pas souvent, n'est-ce pas ?

— Seulement quand elle a besoin de moi…

Elle hoche la tête.

— Il ne faut pas lui en vouloir… Ce n'est pas sa faute si elle est compliquée… Je suis sûre qu'elle se fait du mauvais sang… Alors, elle sort, elle va n'importe où, à condition qu'il y ait du bruit, des gens serrés les uns contre les autres, de la fumée, de la musique…

— Et vous ?

— Il m'arrive aussi d'aller dans les boîtes, parce que Jacques m'y conduit…

— Vous êtes très amie avec Nathalie ?

Elle hésite, je le sens. Puis elle répond simplement :

— Je l'aime beaucoup…

— Elle ne vous agace pas ?

— Pas agacer, non… Quelquefois, elle me fatigue un peu… Elle a toujours besoin de faire quelque chose, d'aller quelque part… Elle ne tient pas en place et je n'arrive pas à suivre son rythme… C'est ainsi qu'on dit ?

— C'est parfait…

— Elle se réjouit d'entrer aux Beaux-Arts. À ce moment-là, il lui faudra un atelier. Il n'y a pas d'endroit pour peindre dans l'appartement de sa grand-mère…

— Quel est son projet ?

— De louer un atelier et d'y vivre seule…

Elle m'observe, croyant que je vais réagir. Le fait que je ne proteste pas l'étonne.

— Jeanne ne voudra sûrement pas…

Elle appelle mon ex-femme par son prénom.

— Après tout, Nathalie aura juste seize ans.

— Et vous ?

— Dix-huit… Je sais !… Et il y a déjà un an que je suis à Paris…

— Vous avez appris le français en Allemagne ?

— Oui… Mon père parle très bien le français… Il parle aussi l'italien et un peu l'espagnol… Quelle langue parlez-vous, en dehors de la vôtre ?

— Seulement l'anglais…

— Je parle anglais, avec un mauvais accent… Je vous ennuie, non ?… Je me demande si je ne suis pas restée trop longtemps… Il paraît que ce n'est pas convenable pour une première visite…

Elle rit.

— On m'avait dit que vous étiez un monsieur très convenable…

— Et je ne le suis pas ?

— Vous êtes tout simple…

Y aura-t-il, dans la famille, quelqu'un qui ne se trompe pas sur mon compte, ou bien cette bonne impression que je fais aujourd'hui n'est-elle que momentanée ?

— J'avais commencé à vous parler des plans de Jacques pour notre mariage… Nous n'avons envie, ni l'un ni l'autre, d'une vraie cérémonie, avec les deux familles, les oncles, les tantes, les amis… Cela vous choque ?…

— Pas du tout.

— Mon père non plus. Il ne viendra même pas à Paris. C'est nous qui irons le voir un jour… Nous nous rendrons tout bonnement à la mairie, habillés comme tous les jours, avec nos deux témoins, nous ne savons pas encore qui… Puis nous irons faire un bon déjeuner ou un bon dîner en tête à tête…

— Vous êtes gourmande ?

— Très… Aussi, plus tard, je serai très grosse… J'ai averti Jacques…

— Vous partirez en voyage ?

— Pourquoi ? Nous rentrerons chez nous. Nous avions espéré que ce serait dans le nouvel appartement, mais nous n'avons pas la patience d'attendre si longtemps… Il faut tout repeindre, car c'est très sale… On sent que ce sont des vieilles gens qui y ont vécu…

Elle se mord les lèvres, ce qui souligne la gaffe. Puis elle s'empresse de regarder autour d'elle.

— Ce n'est pas comme ici…

Je souris, pour lui faire comprendre qu'elle ne m'a pas vexé.

Je passe quand même par la banque, alors qu'elle n'est plus ouverte au public, et, un peu plus tard, je reçois un long câblogramme d'Eddie. Le comptable qu'il a finalement envoyé à Newark a travaillé vite. Il affirme que trente mille dollars suffiront, non seulement pour renflouer l'affaire, mais pour lui assurer un bon départ.

J'ai des nouvelles de Pat. Le professeur Penderton l'opérera la semaine prochaine. Le jour n'est pas encore fixé.

Bien entendu, je réponds à Parker de faire le nécessaire pour le garage et de me tenir au courant de la santé de Pat.

La visite de Hilda m'a fait du bien. Je me sens d'humeur plus légère et je n'ai pas envie de ratiociner à longueur de journée comme les derniers jours.

Je vais marcher un peu. À un étalage, je vois une petite voiture anglaise, décapotable, qui me paraît être la voiture idéale pour une jeune femme. Ce sera mon cadeau de mariage à Hilda. Ainsi, elle ne dépendra pas de son mari pour ses moindres déplacements.

Encore un petit rien, ce soir, en ce qui concerne mes relations avec Mme Daven. Comme d'habitude, elle attend dans la chambre que je sois couché. Nous nous souhaitons la bonne nuit. Comme elle marche vers la porte, elle s'arrête, se tourne vers moi, ouvre la bouche pour parler puis se hâte de sortir. Elle est obligée de revenir tout de suite, car elle a oublié d'éteindre.

Je dors admirablement, sans un seul réveil, et il y a de nouveau du soleil.

— Je me demande si je ne vais pas me faire conduire à la campagne, dis-je à Mme Daven tout en buvant ma première tasse de café.

Je n'ose pas lui demander si elle aimerait venir avec moi. Elle ne sort pratiquement jamais.

— Peut-être déjeunerai-je dans une auberge. Cela dépendra…

Je ne vais pas au club. C'est à peine si, au bureau, je jette un coup d'œil sur mon courrier. Émile m'attend avec la voiture devant la lourde porte cochère.

— De quel côté voulez-vous que nous allions ?

Nous nous sommes souvent dirigés vers l'amont ou l'aval de la Seine, ou encore vers la vallée de Chevreuse. Ce que je voudrais, c'est retrouver de petites routes paisibles comme autrefois.

— Remontez donc la Marne en la suivant autant que possible ou en suivant le canal…

Je ne suis pas retourné de ce côté depuis mon premier retour des États-Unis. Pat voulait connaître une guinguette. On m'en a signalé une dans les environs de Lagny et nous y sommes allés.

— Vous passerez par Lagny…

Il n'y a pas une, mais quatre guinguettes qui se font concurrence. Plus exactement, ce sont des restaurants-dancings presque luxueux.

Nous allons assez loin et le dernier écriteau porte le nom de Tancrou. Un village. Tout de suite après, un chemin descend vers la Marne.

— Laissez-moi ici et attendez-moi…

C'est un vrai chemin de terre, comme jadis, avec de chaque côté un talus surmonté d'une haie. À deux cents mètres, j'aperçois une ferme, avec des poules sur un tas de fumier, des canards qui s'en vont en file indienne vers une mare.

Je ne savais pas que les mares existent encore. Celle-ci est couverte de lentilles d'eau. J'ignore si c'est le vrai nom, mais c'est ainsi que je les appelais, enfant, quand je jouais dans les champs. Je n'avais pas à aller loin. Presque tout de suite après le pont Saint-Laurent, on trouvait la campagne.

J'ai toujours vécu dans les villes. À Deauville, malgré notre parc, on ne peut pas parler de campagne ; au Cap-d'Antibes non plus.

Je le regrette, tout à coup. J'aurais dû acheter une propriété avec une ferme, comme beaucoup de Parisiens. Il est trop tard. Peut-être cela aurait-il fait du bien aux enfants.

Je regarde la haie et soudain je reconnais les feuilles d'un arbuste. Je regarde plus haut et je vois des noisettes encore vertes.

Ainsi donc, malgré les avions, les autoroutes, l'élevage aux produits chimiques, il y a encore des noisetiers.

J'en découvre des grappes de trois et même de quatre. Leur enveloppe vert pâle, qui ressemble à une petite robe, est astringente. Je me souviens de la sensation désagréable qu'elle laissait dans ma bouche quand je l'enlevais avec les dents.

C'est bête. Je suis tout surpris d'être ému. J'ai l'air d'avoir fait une découverte et je me répète :

— Il y a encore des noisetiers…

J'y vois comme un symbole. C'est assez flou dans mon esprit. Cela signifie sans doute que le monde a beau changer, il restera toujours des coins de fraîcheur.

Et l'homme ?

J'essaie d'attendre les noisettes ; elles sont trop hautes pour moi. Il faudrait que je grimpe sur le talus recouvert d'une herbe glissante. Je risquerais de me casser un bras ou une jambe.

Je marche encore un bout de chemin sans atteindre la Marne et je me décide à faire demi-tour.

— Et maintenant ? questionne Émile en reprenant le volant.

J'hésite. Il n'y a plus de véritables auberges et, chaque fois que j'ai essayé, j'ai fort mal mangé, dans un cadre artificiel.

— À la maison...

Au fond, la campagne m'a toujours fait peur. Elle représente la nature avec ses brutalités, les vents, les orages, les inondations, les glissements de terrain. Même les fleurs des champs ne sont jamais, comme l'herbe, qu'une sorte de moisissure. Et chaque village est flanqué de son cimetière.

Les villes sont plus rassurantes, avec les rangs de lumières qui s'allument automatiquement sans attendre le crépuscule.

Je déjeune et je fais la sieste. Au fond, depuis des années, le temps s'est figé, il ne se passe plus rien, je ne fais que tourner en rond comme un cheval de cirque.

Quand je m'éveille, je vois tout de suite que Mme Daven a quelque chose à me dire.

— Mlle Nathalie vous attend...

C'est curieux. Pendant des mois, je n'ai pas reçu une visite, en dehors du docteur Candille. On dirait que c'est la lettre de Pat qui a tout déclenché. Jeanne

134

est venue. Jacques aussi. Hier, c'était Hilda et voilà qu'aujourd'hui on m'annonce Nathalie.

On pourrait croire qu'ils se donnent le mot. Il ne restera plus que Jean-Luc...

Je me passe un coup de peigne et je redresse ma cravate. Je porte justement un complet bleu marine et, quand elle était petite fille, c'est en bleu que Nathalie me préférait.

Je me dirige vers le salon alors qu'elle traverse déjà la salle à manger. Elle a assez vécu dans la maison pour s'y comporter comme chez elle.

Elle me tend son front.

— Bonjour, Dad...

Je me dis que c'est Hilda qui lui a conseillé de venir afin de me faire plaisir. Mais, quand je regarde ma petite-fille, je change d'avis.

Son visage est tout tiré, ses yeux cernés, et ses lèvres tremblent comme si elle avait peur, ou comme si elle se retenait de pleurer.

Ma main sur son épaule, je l'emmène dans mon studio. Pour un peu, je la prendrais sur mes genoux comme quand elle était enfant.

Elle va s'asseoir en face de moi et je m'aperçois qu'elle porte une robe. C'est rare. D'habitude, elle porte des pantalons, ou une mini-jupe avec un chandail à col roulé.

C'est à mon intention qu'elle s'est habillée.

— Quelque chose ne va pas?...

Elle me regarde fixement, comme si elle se demandait jusqu'à quel point elle peut me faire confiance. Elle ne m'a jamais pris comme confesseur et c'est bien ce qui me déroute aujourd'hui.

Je demande d'un ton détaché :

— Amoureuse ?…

Et elle répond machinalement :

— Je l'ai été…

— Il est parti ?

Elle hausse les épaules. Est-ce que, au dernier moment, elle ne va pas changer d'avis, se lever et sortir ? Il faut que je la retienne. Elle est si tendue qu'elle fait mal à voir.

— Tu sais, ma petite fille, tu peux tout me dire, même les choses qui te paraissent les plus graves…

Elle se débarrasse tout de suite du plus dur en laissant tomber :

— Je suis enceinte…

J'arrive à ne pas broncher, à ne pas me montrer surpris.

— Tu n'es pas la première à qui ça arrive, n'est-ce pas ? Qu'est-ce que le père en dit ?

— Il n'est plus à Paris…

— Il avait l'intention de t'épouser ?

— Non.

— Et, malgré ça…

— C'est moi qui le lui ai demandé… Je croyais qu'il prenait ses précautions…

— Tu es sûre d'être enceinte ?… Tu as vu un médecin ?…

— Hier matin…

— Candille ?

— Non… Un médecin du boulevard Saint-Germain…

— À qui en as-tu déjà parlé ?

— À Jeanne, hier soir…

Il y a du dépit dans sa voix.

— Elle ne m'a pas comprise…

— Qu'est-ce qu'elle n'a pas compris ?

— Que je refuse de m'en débarrasser…

J'en suis surpris de la part de mon ancienne femme.

— Elle prétend qu'à mon âge, maigre comme je suis, à peine formée, je risque un mauvais accouchement. Ensuite, cet enfant, dit-elle, sera un handicap pendant toute ma vie…

Elle me regarde avec intensité et j'ai soin de ne pas détourner les yeux.

— Vous le pensez aussi, vous ?

Il faut que je réponde, sinon je perdrai sa confiance, une confiance si neuve qu'elle doit être encore fragile.

— Non…

Son visage s'éclaire.

— Vous dites que je peux le garder ?

— Bien sûr…

— Et cela ne gâchera pas ma vie ?

— Nous nous arrangerons pour que rien ne soit gâché…

— Comment ?

— Je ne sais pas encore… J'ai besoin de réfléchir… Qu'est-ce qui t'a donné l'idée de venir me voir ?

— Hilda… Je lui ai téléphoné ce matin pour lui donner rendez-vous dans un café… Elle m'a promis de ne rien dire à mon père…

— Tu ne veux pas qu'il sache ?

— Pas maintenant… Il est tout à son installation… Il vit dans un rêve… Je n'ai pas le droit de…

— Quel est l'avis de Hilda ?

— Elle hésite. Par moments elle penche du côté de Jeanne et à d'autres moments elle est avec moi… Elle est venue vous voir hier… Vous avez fait sur elle une vive impression… C'est curieux : elle est emballée par l'appartement… Elle trouve que vous êtes resté jeune et que vous avez les idées larges…

— Tu pensais le contraire ?

— Peut-être…

— Qu'est-ce que tu espérais, en venant ici ?

— Je ne sais pas… Au fond, je n'espérais rien… Je suis venue un peu comme on se jette à l'eau…

— Ce soir, je téléphonerai à ta grand-mère…

— Dans ce cas, je m'arrangerai pour ne pas être à la maison… Vers quelle heure ?…

— À quelle heure dînez-vous ?

— À huit heures et demie… Parfois neuf heures… Il lui arrive de rentrer tard du journal…

— Je téléphonerai donc vers dix heures… Elle sait que tu es venue me voir ?

— Non… Hilda est la seule à savoir…

— Elle ne t'a pas accompagnée ?

— Comment l'avez-vous deviné ?

— Où est-elle ?

— Elle m'attend dans un bar de la rue de Castiglione… Ainsi, vous croyez vraiment que je peux…

— Que tu peux laisser naître ton enfant ? Parbleu !…

Des larmes se mettent à couler sur ses joues. C'est vraiment une petite fille que j'ai devant moi.

— Je vous demande pardon… C'est de soulagement… Vous parviendrez à convaincre Jeanne ?

— Je n'en doute pas.

— Quand dois-je revenir ?

— Dans deux jours, par exemple.

— Pourquoi deux jours ?

— Parce que je dois me renseigner.

— Sur quoi ?

— Sur les moyens d'arranger l'avenir…

Elle hésite encore un petit peu et finit par murmurer :

— Je vous crois…

Je ne peux me retenir de lui poser une question.

— Ce garçon-là, c'est le seul ?

Elle fait oui de la tête.

— Il est étranger ?

— Non, mais il habite le Maroc…

— Tu ne l'aimes pas ?

— Je le déteste.

Nous restons à nous regarder en silence. Je n'ai plus rien à lui dire. Elle non plus. Elle se lève la première et tend les bras pour me mettre un baiser sur chaque joue.

— Merci, Daddy. Je ne l'oublierai jamais.

— Va rejoindre Hilda et dis-lui que je la trouve fort sympathique, moi aussi.

— Cela aurait pu lui arriver comme à moi… Elle a fait la même chose… C'est elle aussi qui l'a demandé…

— Je sais…

— Au revoir, Dad… Je peux revenir après-demain à la même heure ?

— Je t'attendrai…

Je la conduis jusqu'à l'ascenseur et je la regarde disparaître peu à peu. Je ne sais pas ce que je vais faire. J'hésite. Je me demande qui je dois appeler le premier.

Je retourne dans mon fauteuil et je forme sur le cadran le numéro de téléphone de Candille. C'est l'heure de sa consultation. Le matin, il se rend à l'Hôpital Américain de Neuilly, où il a presque toujours deux ou trois patients. D'ici une demi-heure, il ira faire ses visites dans le quartier.

— Allô… Je vous dérange ?… Vous êtes avec un malade ?…

— Perret-Latour ?

— Oui… Seriez-vous par hasard libre ce soir ?

— Pas à dîner…

— Je voudrais vous parler d'une question importante et assez urgente…

— Je serai libre vers dix heures, peut-être un peu plus tard… Vous voulez que je passe à ce moment-là ?

— S'il vous plaît…

— À ce soir…

Je reste là, le regard dans le vide. Je revois le visage en détresse de ma petite-fille et je cherche, pour elle, une solution. Jeanne n'a pas tout à fait tort. En ce qui concerne la question médicale, ce n'est pas à moi de trancher.

Mais pour le reste ? Il est certain qu'une gamine avec un enfant…

Je forme un autre numéro, celui de Terran, mon avocat, qui habite quai Voltaire.

— Ici, Perret-Latour…

— Comment vas-tu ?

— Bien… Merci… Je craignais que tu ne sois au Palais…

— Je plaide si peu !…

C'est surtout un avocat d'affaires et il fait partie du conseil d'administration de la banque.

— Seras-tu libre demain dans la matinée ?

— Seulement jusqu'à onze heures… À onze heures, j'ai un rendez-vous avenue George-V.

— Je peux te voir vers neuf heures et demie ?

— Volontiers…

Je descends dans mon bureau sans conviction et je dicte à Mlle Solange quelques lettres sans importance. Elle s'aperçoit sûrement que je cherche à tuer le temps. Plusieurs fois, elle me regarde avec curiosité.

— Vous n'avez jamais eu envie de vous marier ?

Je ne sais pas trop pourquoi je lui pose la question. Elle doit avoir trente-cinq ou trente-six ans.

— Non.

— Cela ne vous pèse pas de vivre seule ?

— Je ne vis pas seule. Je vis avec ma mère…

A-t-elle eu des amants ? En a-t-elle encore ? Ma sœur Joséphine, à Mâcon, notre aînée à tous, a soixante-dix-neuf ans et, toute sa vie, elle est restée demoiselle. Il est probable qu'elle n'a jamais connu la moindre aventure. Il est vrai que l'époque était différente.

Je me demande ce que se racontent Nathalie et Hilda, dans le petit bar de la rue de Castiglione. Je le connais, car il m'arrive de m'y arrêter pour boire un porto.

Le temps passe. Je monte. J'ouvre le premier volume des Mémoires de Talleyrand. Je possède une pleine bibliothèque de Mémoires et de Correspondances. Ce n'est pas un hasard. Au fond, je sais ce que j'y cherche et je n'en suis pas fier.

De découvrir les faiblesses des grands hommes et leurs petites lâchetés, on a moins honte de soi. Et il ne me déplaît pas, je l'avoue, d'apprendre qu'ils ont souffert de telle infirmité ou de telle maladie.

Après le dîner je me remets à lire et, à dix heures, je compose le numéro de Jeanne. C'est elle qui répond.

— Nathalie est sortie ?

— Oui… C'est à elle que tu voulais parler ?…

— Non…

— À moi ? s'étonne-t-elle.

Elle comprend presque tout de suite.

— Elle est allée chez toi ?

— Oui…

— Elle t'a dit ?…

— Elle m'a tout raconté… Il paraît que tu lui conseilles de ne pas laisser venir l'enfant…

— C'est la seule solution, non ? Tu la vois, dès l'âge de seize ans, encombrée d'un bébé ?… Et encore, à condition que tout se passe bien… Qu'est-ce que tu lui as dit ?…

— Le contraire…

Elle en a le souffle coupé et il y a un silence.

— Tu as bien réfléchi ?

— Je n'ai pas encore trouvé la solution, mais je la trouverai…

— Voilà pourquoi, ce soir, elle a mangé avec appétit… Ce que je me demande, c'est la raison pour laquelle elle t'a choisi… Cela regarde avant tout son père…

— Évite qu'elle se tracasse ces jours-ci…

142

— Il faudra que nous en parlions sérieusement tous les deux…

— Volontiers… Pas trop vite… J'ai besoin d'un peu de temps… Mes paroles l'intriguent.

— Toi, tu as une idée de derrière la tête…

— Peut-être… Excuse-moi de raccrocher… J'entends quelqu'un qui entre… À bientôt…

C'est vrai. Candille pénètre dans le studio et me tend la main. À tout hasard, ne sachant pas ce que je lui veux, il a monté sa trousse.

6

C'est probablement la personne au monde qui me connaît le mieux, à la fois en tant que médecin et en tant qu'ami. Je sais que, dès son premier coup d'œil, il se rend compte de mon état d'esprit et je lui suis reconnaissant de ne pas avoir l'air de m'observer.

— Vous semblez en pleine forme… dit-il simplement en s'asseyant dans son fauteuil habituel.

Car nous avons depuis longtemps chacun notre place dans le studio et j'ai eu soin de mettre la boîte de cigares à sa portée.

Il remarque, chez moi, une certaine excitation, comme si tout à coup je reprenais davantage goût à la vie. C'est vrai que je me sens plus jeune, plus sûr de moi, débarrassé de ce fouillis de pensées moroses qui m'accablent périodiquement.

C'est à Hilda et à Nathalie que je le dois. Elles viennent, l'une après l'autre, de me faire croire que je sers encore à quelque chose, et, du coup, l'appartement est moins vaste, moins figé, moins vide.

— Vous connaissez ma petite-fille ?

— Je ne l'ai jamais vue. J'ai soigné son père quand il n'était qu'un gamin et qu'il vivait encore ici. C'est bien de la fille de Jacques que vous parlez ? Si je ne me trompe pas, il a perdu sa femme...

— Après quatre ans de mariage... Sa fille a été élevée par Jeanne, mon ex-femme, et vit encore avec elle boulevard Raspail...

— Il tient une galerie de tableaux ? Il me semble que j'ai vu son nom sur une devanture...

— Vous allez le voir davantage, car il s'installera prochainement quai des Grands-Augustins...

Je me sens léger. Je jongle. Je sais que je vais surprendre mon vieil ami Candille et j'en retarde le moment pour faire durer le plaisir.

— Au fait, il va se remarier... Avec une jeune Allemande de dix-huit ans...

— N'approche-t-il pas de la quarantaine ?

— Si... Ma petite-fille adore sa future belle-mère... Vous oubliez d'allumer un cigare...

Il hésite, se laisse convaincre. Il n'ose pas me demander si c'est pour lui parler d'affaires de famille que je lui ai demandé de venir.

— Nathalie aura seize ans au mois de mars... À moins que ce ne soit fin février... Je m'embrouille toujours dans les dates de naissance...

Il ne dit rien, tire sur son cigare.

— Elle est venue cet après-midi m'avouer qu'elle est enceinte...

Il ne tressaille pas. Je n'en sens pas moins comme un petit choc.

— C'est pour vous parler d'elle que je vous ai appelé...

— Quelle est son intention ?

146

— De garder l'enfant, bien entendu… Au fond, elle en est très fière…

— Elle a vu un médecin?

— Quelque part boulevard Saint-Germain, oui. Je n'ai pas pensé à demander son nom.

— D'habitude, elle a une bonne santé?

— Elle est maigre comme une sauterelle et fait tout ce qu'il faut pour avoir les nerfs à vif…

Il est quand même un peu surpris que je dise ces choses-là sur un ton plaisant.

— Mettons que ce soit une adolescente qui s'obstine à mener la vie d'une femme… En deux ans, elle a changé trois ou quatre fois de coiffure… Elle passe des heures à essayer de nouveaux maquillages… Certains jours ses paupières sont vertes, d'autres jours brunes, ou encore d'un blanc nacré…

» Dormir, pour elle, cela signifie perdre du temps, et elle ne s'y résigne que quand elle tombe littéralement sur son lit… Elle s'est fait renvoyer du lycée et ensuite d'une école qui passe pour ne pas se montrer sévère… Elle attend ses seize ans réglementaires pour quitter un troisième établissement et entrer aux Beaux-Arts…

On dirait que tout cela m'enchante et j'en suis surpris le premier.

— Elle passe ses soirées et une partie de ses nuits dans les caves et les boîtes de Saint-Germain-des-Prés…

— Sa grand-mère…

— Sa grand-mère n'y peut rien… Si on l'empêchait d'en faire à sa tête, je crois que Nathalie s'en irait et Dieu sait où nous la retrouverions…

— Elle résiste à cette vie-là?

— C'est justement ce qui me fait penser qu'elle a un fond plus solide qu'elle n'en a l'air...

— La première chose à faire, c'est de l'envoyer chez un bon gynécologue...

— Vous craignez qu'elle ne soit trop jeune ?

— Je n'attache guère d'importance à l'âge... J'ai connu des gamines de treize ans, et même une de douze, qui ont donné naissance à des enfants parfaitement constitués...

Il réfléchit, tire un calepin de sa poche, un calepin ordinaire, couvert de toile cirée noire, comme ceux dont on se sert à la cuisine.

— Je cherche son numéro... Il s'agit d'un vieux camarade, Pierre Jorissen, qui est aujourd'hui un des meilleurs gynécologues de Paris... Il habite boulevard Haussmann... Voilà !... Au 112... Il est tellement pris qu'il vaut mieux que je lui téléphone... Vous permettez ?... Je serais surpris qu'il soit déjà couché...

Il compose un numéro, reste debout, l'écouteur à l'oreille.

— Allô, Pierre ?... Ici, Alain... Tu es très bousculé en ce moment ?... Comme toujours, oui... Écoute... Je te téléphone de chez un ami... Sa petite-fille, qui n'a pas tout à fait seize ans, vient de lui avouer qu'elle est enceinte... Je ne sais pas... Non... Elle n'a pas du tout l'intention de renoncer à l'enfant...

» C'est une décision médicale qu'il faudra prendre quand tu l'auras examinée... Le plus tôt possible, oui... Dans ces cas-là, l'attente est assez pénible... Midi ?...

Il se tourne vers moi.

— Demain midi ?

— Certainement…

— D'accord… Elle s'appelle Nathalie… Je préfère que son nom de famille ne figure pas sur tes fiches… C'est la petite-fille de Perret-Latour… Le banquier, oui… Merci, vieux… Embrasse ta femme de ma part…

Il va reprendre sa place.

— Nous saurons demain ce qu'il en est… Comment se pose la question du père ?

— Elle ne veut pas entendre parler de père… Pour autant que je sache, elle en a conservé un mauvais souvenir et tient à ce que l'enfant soit à elle, à elle seule…

Il fume, l'air réfléchi.

— Cela pose des questions, non ?

— J'ai rendez-vous demain matin avec Paul Terran pour étudier le point de vue juridique…

— Je ne vois pas dix solutions… Ou bien le père reconnaît l'enfant et lui donne son nom, épousant votre petite-fille ou non, ou bien on le déclare de père inconnu…

— J'ai pensé à autre chose…

— À quoi ?

— Je préfère n'en pas parler dès maintenant… J'aimerais seulement savoir quels sont les devoirs administratifs d'un médecin qui procède à un accouchement… Le père, en général, se rend à la mairie pour déclarer l'enfant ?…

— Le médecin, lui, remplit un certificat qu'il envoie à l'état civil.

— C'est obligatoire ?

— Absolument… Dans les maternités, les cliniques et les hôpitaux, l'administration s'en charge et le médecin se contente de signer…

— Et s'il ne le faisait pas ?

— Ce serait très grave… Si grave que c'est impensable…

Mes questions l'inquiètent et ses épais sourcils se rapprochent.

— Pour ma part, je ne connais pas un seul médecin qui accepterait de se mettre dans une telle situation…

Je n'insiste pas. Il faut d'abord que je discute avec Terran.

— Et votre ex-femme, qu'est-ce qu'elle en dit ?

— Elle prenait pour acquis que Nathalie se débarrasserait de l'enfant… Elle prétend que tout son avenir est en jeu…

— Je comprends…

Il pèse le pour et le contre, lui aussi.

— Et votre fils Jacques ? C'est le père, après tout…

— Il ne sait encore rien… Nathalie ne veut pas lui gâcher son mariage et son installation quai des Grands-Augustins…

— Écoutez… Demain, vers une heure, je téléphonerai à Jorissen et je vous appellerai tout de suite après pour vous mettre au courant…

Il regarde sa montre, se lève.

— Il est temps que j'aille me coucher. Je me lève à six heures…

Il reprend sa lourde trousse avec résignation, se dirige vers le hall d'entrée. Je le suis et pousse le bouton de l'ascenseur.

— Merci, Candille…

— Je fais ce que je peux…

150

Je l'admire de garder cette sérénité. Il ne voit que le plus laid de la vie, mène une existence de forçat et, chez lui, se retrouve seul.

Je ne l'ai jamais entendu se plaindre. Je ne l'ai jamais vu découragé.

Rentré dans le studio, j'appelle le numéro de Jeanne. C'est elle qui décroche. Elle paraît surprise en reconnaissant ma voix.

— Il y a du nouveau ?… Pourquoi me rappelles-tu ?…

— C'est à Nathalie que j'aimerais parler…

— Vous en êtes aux cachotteries, tous les deux ?

Elle n'est pas contente que notre petite-fille soit venue me voir. Elle l'a élevée. Pour elle, c'est *sa* petite-fille.

— Je vais voir si elle est rentrée… Je sais que, tout à l'heure, elle est sortie, mais je crois avoir entendu la porte…

Ses pas s'éloignent, sa voix lointaine appelle :

— Nathalie… Nathalie… C'est ton grand-père qui veut te parler…

Elle reprend l'appareil.

— Ce que tu as à lui dire ne va pas la contrarier, j'espère ?

— Au contraire…

— Je n'aime pas ces mystères… La question est assez grave pour que nous en parlions sérieusement…

— Nous le ferons un peu plus tard…

— Ce n'est pas ton genre…

— Allô, Daddy…

C'est Nathalie.

— Tu as vu ton médecin ?

— Il sort d'ici. Pour lui, ton âge n'a aucune importance…

— Je le disais bien…

— Il a connu des fillettes de treize ans qui ont donné
le jour à des enfants tout à fait normaux…

Elle doit se tourner vers sa grand-mère et je l'entends
qui lui répète presque mot pour mot mes paroles.

— C'est surtout une question de santé, dis-je…

— Tu sais combien de cigarettes j'ai fumé
aujourd'hui?… Quatre… Demain deux… Je me suis
forcée à manger le double de ce que je mange d'habitude… Je tiens à me mettre en forme, tu comprends…

— Je comprends… Tu as un crayon et du papier?…

— Un instant…

Je lui donne l'adresse de Jorissen.

— C'est un ami de Candille, mon médecin, et tu peux
avoir toute confiance en lui… C'est un des meilleurs
obstétriciens de Paris… Il t'attend demain à midi…

— Pour quoi faire, puisque j'ai déjà vu un docteur?

— C'est l'habitude, mon petit… Il t'examinera, te
posera quelques questions…

— Il ne va pas…

— Il n'a même pas le droit de te le proposer…

— Cela me fait quand même peur…

— Tu veux que je t'accompagne?

Je n'aurais pas pensé, il y a seulement quinze jours,
que je pourrais prendre cette attitude. Ils m'avaient en
quelque sorte isolé. J'étais seul dans ma tour, cet appartement où je m'efforce de jouir de mes restes. C'est
à peine s'ils se rappelaient mon existence. Et voilà
que…

— Quand aura-t-on la réponse?

152

— Quelle réponse ?

— Quand est-ce qu'on saura si tout va bien…

— Je suppose qu'il te le dira… Ensuite, il téléphonera à Candille et celui-ci me donnera des détails.

— Tu m'appelleras à ton tour ?

— Oui…

— Promis ?

— Promis…

— Attends… Jeanne me fait de grands signes pour m'expliquer qu'elle veut te parler… Bonne nuit, Dad… Merci… Je te donne un gros baiser… Aie confiance… Je te jure que je vais engraisser…

— Allô…

C'est la voix de Jeanne.

— Je suppose que tu te rends compte de ce que tu es en train de faire ?

— Certainement…

— As-tu réfléchi que tu la mets dans tous ses états et qu'il ne sera plus possible de retourner en arrière ?

— À moins de raisons médicales graves…

— Il existe d'autres raisons que des raisons médicales…

— Ce n'est pourtant pas toi qui écris la colonne du cœur dans ton magazine…

Je la vexe. Je ne le fais pas exprès. Je prends cette affaire tellement à cœur que j'en suis presque aussi nerveux que Nathalie.

— Je souhaite que tu n'aies pas à regretter d'avoir adopté cette position… soupire Jeanne avant de raccrocher. Bonne nuit…

Je n'ai jamais si bien compris les mots « réactions en chaîne ». Tout a commencé par une lettre écrite dans un lit d'hôpital et par l'obligation, pour moi, de plonger loin dans le passé.

Puis il y a eu Jacques, son prochain mariage, cette fille magnifique qui est venue me voir comme si elle voulait se présenter seule au chef de la tribu.

Je commence à exister. Nathalie, à son tour, est montée dans mon appartement pour me faire ses confidences et pour m'appeler au secours.

Tout remue en même temps. Je ne serais pas surpris de voir Jean-Luc frapper à ma porte, ce qui ne lui arrive pas plus d'une fois par an.

Et voilà qu'une autre surprise m'attend dans ma chambre. Je sais, en entrant, que je vais y trouver Mme Daven. Ce qui me surprend, c'est son visage plus froid, plus inexpressif que d'habitude, et ma première pensée est qu'elle va m'annoncer qu'elle me quitte.

Pourquoi, je l'ignore. Il n'y a aucun doute qu'elle a pris une décision, une décision difficile.

— Vous avez de mauvaises nouvelles de votre famille ?

— Il y a longtemps que je n'ai plus de famille…

— Votre santé vous donne des soucis ?

— Non… J'aimerais mieux que vous me laissiez parler…

— Dites-moi d'abord si vous êtes heureuse ici…

— Peut-être trop…

Elle s'en excuse d'un vague sourire qui la rajeunit.

— J'ai pris des habitudes…

— Moi aussi.

— Ce n'est pas la même chose… Vous êtes chez vous…

— Vous êtes chez vous également… Je me demande ce que je ferais si vous n'étiez pas là pour me soigner… Je deviens si paresseux que je ne me déshabille même plus tout seul…

Elle ne me regarde pas. Elle fixe le tapis. Nous sommes tous les deux debout et nous devons paraître ridicules et guindés.

— Cela vous ennuierait de vous asseoir ?

Elle regarde avec hésitation une des deux bergères tandis que je prends place dans l'autre.

— Vous avez peur de moi ?

Elle comprend tout de suite à quoi je fais allusion. Elle a des antennes.

Elle ne se doute certainement pas de la véritable raison pour laquelle je n'ai jamais essayé d'avoir des rapports plus intimes avec elle. C'est presque une question de coquetterie. Je ne veux pas lui imposer mon vieux corps et j'ai peur que, d'y penser, ne m'empêche d'arriver à mes fins.

— Vous ne m'avez jamais demandé de certificat… Quand je suis venue me présenter, je tremblais que vous m'en parliez…

Je souris, amusé.

— Vous n'en avez pas ?

— Non.

— Ni de carte de la Sécurité Sociale ?

— Rien… Vous m'avez fait confiance… Vous continuez à me faire confiance, à me laisser prendre trop de place… C'est pour cela qu'il faut que vous soyez au courant… Savez-vous d'où je sortais quand l'agence m'a envoyée ici ?…

— La question ne m'a jamais préoccupé…

— Je sortais de Haguenau, la prison pour femmes, qui existait encore à cette époque-là… J'y ai passé dix ans…

Je m'efforce de ne laisser percer aucun trouble, mais je suis abasourdi.

— Pour quoi avez-vous été condamnée ?

— Pour avoir tiré sur un homme…

— Votre amant ?

— Mon mari…

— Par jalousie ?

— J'avais vingt-deux ans quand je l'ai rencontré…

— À Paris ?

— Je suis née et j'ai été élevée à Auteuil… Mon père était architecte… J'ai suivi, à la Sorbonne, les cours de lettres et de sociologie, ce qu'on appelle à présent les sciences humaines…

» J'ai rencontré le frère d'une amie… Au début, nous sommes sortis tous les trois… Puis nous n'avons plus emmené mon amie… Il s'est passé ce qui devait se passer…

— Quel âge avait-il ?

— Trente ans…

— Quelle profession ?

— Son père a une fabrique de pneus et Maurice travaillait dans une de ses usines… Nous nous sommes mariés…

— Vous étiez enceinte ?

— Non. Je suppose que je ne peux pas avoir d'enfants, car je n'ai rien fait pour les éviter…

» Deux ans s'étaient à peine écoulés que mon mari me laissait de plus en plus souvent seule le soir.

» Je l'ai suivi. Il retrouvait une femme, soit dans un restaurant, soit chez elle, près de la porte Dauphine… C'est alors que je me suis procuré un revolver…

— Comment? La vente n'en est-elle pas sévèrement réglementée?

— Je savais que mon père en gardait un dans le tiroir de sa table de nuit. Il y avait des années qu'il était là. Il m'a fallu jouer toute une comédie pour entrer seule dans sa chambre et pour glisser l'arme dans mon sac à main… C'est pour cela qu'on m'a refusé les circonstances atténuantes et que les jurés ont tranché pour la préméditation…

Je m'étonne visiblement. J'objecte :

— Mais, si vous vous êtes procuré un revolver…

— Vous voyez! Vous ne le comprenez pas non plus. C'était un défi que je me lançais à moi-même. J'avais honte d'être jalouse et de gâcher mon existence à cause d'une femme que mon mari ne reverrait peut-être plus dans quelques mois…

Elle est sûrement sincère.

— Parfois, je me disais à mi-voix :

» — Je les tuerai tous les deux…

» Mais je savais que je ne le ferais jamais…

— Vous l'avez fait, pourtant…

— Je n'ai pas tiré sur elle. Un soir que je devais rentrer tard, j'ai raté mon rendez-vous et je me suis retrouvée de bonne heure à la maison… J'ai été surprise, du dehors, de voir la chambre à coucher éclairée… Je suis montée… J'ai ouvert la porte sans bruit… J'ai entendu une voix de femme et celle de mon mari… Ils parlaient tous les deux de moi et cela les mettait en joie…

» Je suis allée chercher le revolver caché sous les draps, dans le placard à linge…

» Ce que je peux vous affirmer, c'est que les choses ne se passent pas comme elles ressortent ensuite des débats au tribunal… J'étais froide en apparence, lucide, mais j'agissais machinalement, sans aucun contrôle sur moi-même… Mon avocat ne l'a pas cru non plus…

» Ils étaient nus tous les deux, sur notre lit, sur mon lit… Ils se sont d'abord montrés surpris, inquiets… Mon mari a fini par sourire, d'un sourire contraint, et il m'a lancé :

» — Alors, Juliette, on partage ?

» J'ai tiré, une seule fois… J'ai vu une tache de sang se dessiner près de son épaule… La femme s'est mise à crier comme une hystérique et je suis partie… Dix minutes plus tard, j'arrêtais ma voiture devant le commissariat de police…

Malgré moi, je la regarde avec curiosité car il y a longtemps que son calme m'intrigue, que je me demande où et comment elle a pu acquérir sa sérénité. Elle s'y méprend et murmure sans qu'on sente un reproche dans sa voix :

— Vous aussi, vous me croyez cynique ?

— Au contraire. Je connais enfin la raison de votre sagesse…

— On a prétendu pourtant que mon attitude aux assises était révoltante. Les journaux ont parlé de mon air satisfait, d'autres de mon indifférence. En réalité, j'étais figée par toute cette mise en scène, à la fois ridicule et solennelle, dans laquelle la moindre vérité était déformée.

— Votre mari est mort ?

— Non. Il a failli. On a pu lui faire à temps une transfusion. Il en garde la tête un peu de travers et il a perdu l'usage de son bras droit…

— Vous regrettez d'avoir tiré ?

— Sans doute…

Elle hésite, me regarde dans les yeux.

— Au fond, je ne sais pas… À cette époque-là, je croyais que deux êtres…

— On croit toujours… Je me suis marié trois fois et les trois fois j'ai cru…

— Je sais…

— J'y ai gagné de n'avoir plus d'illusions…

— J'ai perdu les miennes…

Du coup, nous sourions en même temps, du même sourire.

— Un an après mon entrée à Haguenau, il a demandé et obtenu le divorce… Je suppose qu'il est remarié… Cela ne m'intéresse pas…

J'ai envie de lui expliquer ce que j'ai ressenti après mes trois divorces, ce que je sens encore à présent quand Jeanne vient me voir, mais ce serait trop long et je pense que je ne lui apprendrais rien. Il y a si longtemps qu'elle m'observe qu'elle finit par me deviner.

Nous sommes un peu, face à face, comme deux complices. Elle porte son uniforme, son tablier. De la poche de celui-ci, elle tire machinalement un paquet de cigarettes, se rend soudain compte de son geste.

— Je vous demande pardon…

— Je vous en prie… Je ne vous ai jamais vue fumer…

— Parce que je ne fume que dans ma chambre… Je ne vous ai pas choqué ?…

— Non.

— Vous ne m'en voulez pas d'être restée si longtemps sans rien vous dire ?

— Il n'y aurait rien eu de changé…

— Pendant tout ce temps-là, je me suis fait l'effet d'une tricheuse… À Haguenau, j'ai cousu des sacs pendant trois ans… La directrice me détestait comme elle détestait toutes celles qui avaient une certaine instruction… Il a fallu que ce soit le médecin qui me remarque et qui me fasse travailler à l'infirmerie…

» C'est ainsi que j'ai acquis quelques connaissances médicales… De toute façon, j'ai appris davantage sur les êtres humains à Haguenau qu'à la Sorbonne…

— On dirait que vous ne regrettez pas ces années-là…

— Je ne les regrette plus…

Elle s'est levée, hésitante, m'a souri. Puis elle a éteint sa cigarette, et elle a repris sa voix de tous les jours.

— Il est temps que vous vous mettiez au lit…

Nous n'avons pas eu de contact physique. Elle rangeait mes vêtements et je vaquais, sans me presser, à ma toilette de nuit. Je me suis couché.

— À quelle heure, demain matin ?

— Comme d'habitude.

C'est-à-dire six heures et demie.

— Bonne nuit, monsieur.

— Bonne nuit, madame Daven…

Elle voulait encore me dire quelque chose. Cela a été dur. Je la sentais sur le point d'y renoncer. Elle a pu prononcer quand même, d'une voix à peine audible :

— Ici, je suis heureuse…

Le temps de pousser le commutateur et elle avait disparu.

Il y a des mois que je n'ai pas vu Paul Terran. J'arrive chez lui à neuf heures et demie précises et sa secrétaire m'introduit tout de suite dans son cabinet.

Nous avons fait nos études de droit ensemble. Il a mon âge, beaucoup plus d'embonpoint. Déjà, à l'université, c'était un petit gros.

Il se lève, la main tendue, son large sourire aux lèvres.

— Comment vas-tu ?

— Et toi ?…

— Voyons si, depuis la dernière fois, tu ne t'es pas trop abîmé…

C'est un jeu quand nous nous rencontrons. On s'inspecte mutuellement, chacun se demandant si l'autre a plus vieilli que lui-même. Entre Terran et moi, cela se passe franchement, avec humour.

— Tu conserves ta sveltesse… À mon sens, tu maigris un peu trop…

— Tu parais beaucoup plus jeune que moi…

— Parce que je suis gras… Un de ces jours, je ne pourrai plus m'extraire de mon fauteuil, qui devient trop étroit pour mon derrière… Assieds-toi…

Avec ses yeux moqueurs et son air débraillé, il n'en est pas moins l'avocat-conseil des plus grosses affaires et peu de gens connaissent comme lui les lois sur les sociétés et les moyens de s'en servir.

— Qu'est-ce qui ne va pas ?

— Rien… Sinon que ma première femme, Pat, est dans un hôpital de New York, où elle a peu de chances de s'en tirer, et que notre fils Donald, sans raison apparente, s'est pendu dans son garage…

J'enchaîne très vite :

— Ce n'est pas de cela que je suis venu te parler… Mes études de droit sont loin et je n'en ai pas retenu grand-chose… Supposons la naissance d'un enfant…

— Légitime ?

— D'un enfant, tout simplement… D'habitude, il est reconnu par le père et la mère…

— C'est l'habitude… Bien que le père, s'il n'est pas marié à la mère, puisse fort bien ne pas le reconnaître… Il existe des milliers d'enfants nés de père inconnu, selon la formule employée par l'état civil…

— Nous y arrivons. Ne pourrait-il exister des enfants de mère inconnue ?

Il me regarde, surpris.

— Un enfant doit sortir du ventre d'une femme, non ?

— Et si cette femme le donnait au père et que le père le reconnaisse avec la mention : mère inconnue ?…

Mon idée l'ahurit tellement qu'il attire à lui son Code civil, trouve aussitôt la bonne page, en homme qui s'en sert tous les jours.

— Écoute ceci :

» *Article 334. La reconnaissance d'un enfant naturel sera faite par un acte authentique quand elle ne l'aura pas été dans son acte de naissance.*

162

— Cela ne signifie pas que cette reconnaissance doit être faite par le père et la mère…

— Un instant. Voici l'article 336 :

» *La reconnaissance du père, sans l'indication et l'aveu de la mère, n'a d'effet qu'à l'égard du père.*

» Et l'article 339 précise :

» *Toute reconnaissance de la part du père ou de la mère, de même que toute réclamation de la part de l'enfant, pourra être contestée par tous ceux qui y auront intérêt…*

— Tu as bien dit : du père *ou* de la mère…

— Il ne s'agit pas de l'acte de naissance, mais d'une reconnaissance après coup… À l'état civil, le nom de la mère sera nécessairement inscrit, quitte à rester confidentiel…

— Tu en es certain ?

— Hélas, oui… D'ailleurs, le médecin accoucheur, ou la sage-femme, ont l'obligation stricte de déclarer toute délivrance à laquelle ils ont participé…

— Suppose que je trouve un médecin peu scrupuleux…

— C'est toi qui t'es fourré dans le pétrin ?

— C'est ma petite-fille… Elle a seize ans… Elle est venue m'annoncer hier qu'elle est enceinte et qu'elle déteste l'homme qui lui a fait ça…

Paul gratte son crâne chauve où il n'y a un peu de poils gris qu'autour des oreilles.

— Je commence à comprendre le sens de tes questions…

— Elle tient à garder l'enfant…

— C'est sympathique…

— Je l'y encourage, tout en me rendant compte que, si elle présente cet enfant comme le sien, elle risque, plus tard, de s'attirer des complications… En Suède, la question ne se poserait pas. Les jeunes filles avec enfants sont nombreuses et tout aussi respectées que les femmes mariées…

— Nous sommes en France… Laisse-moi réfléchir… Je ne vois qu'un cas dans lequel l'adoption par le père seul puisse se faire sans difficulté… C'est celui d'un enfant trouvé… Ici, plus de médecin, ni de sage-femme, qui intervienne…

— Tu parles d'un enfant déposé sur un seuil, comme dans les vieux romans populaires…

— Pourquoi pas ? Remarque que, si on étudie attentivement l'article 336, il semble possible que l'état civil enregistre une simple déclaration du père, sans faire mention de la mère… Je pense que cet enregistrement ne serait pas refusé, mais il y aurait probablement des recherches pour s'assurer qu'il ne s'agit pas d'un enlèvement…

Pendant que nous discutons ainsi de questions légales, ma pauvre Nathalie doit compter les minutes qui la séparent de son rendez-vous avec le docteur Jorissen.

— Si ce n'était pas le médecin… Tu parlais d'un médecin marron… Il doit en exister qui accepteraient, puisqu'il s'en trouve bien pour procurer de la drogue à certains clients… Chaque profession a ses brebis galeuses… Personnellement, je ne m'y fierais pas…

— Je te remercie…

— Je vais encore y penser… S'il me vient une idée, je te passerai un coup de fil…

Je me lève et lui tends la main.

— À un de ces jours…

— Ou à dans six mois, comme la dernière fois… Je ne te reconduis pas…

Il m'adresse un petit signe de sa main boudinée et je lui suis reconnaissant de ne pas m'avoir posé de questions plus précises… Il ne m'a pas demandé, en particulier, qui jouerait le rôle du père…

J'ai le temps de passer par mon club. J'abrège la séance de culture physique mais René me masse comme d'habitude et je reste un bon moment dans la piscine.

Dès midi, je suis chez moi, à attendre un coup de téléphone. La sonnerie ne se fait entendre qu'à une heure moins le quart. C'est Nathalie.

— Il est épatant, ton docteur…

— Il t'a trouvée bonne pour le service ?

— Je suis parfaitement capable de mettre un enfant au monde sans courir le moindre risque et sans lui en faire courir… Tu le connais ?…

— Non… C'est Candille qui me l'a recommandé…

— Tu l'aimerais tout de suite… Il a de bons yeux doux cachés derrière de gros verres… Maintenant, je vais l'annoncer à grand-maman et, cet après-midi, j'essaierai de trouver Hilda seule…

Je ne lui dis pas de quoi je me suis occupé avec Terran. Pour elle, faire un enfant est tout naturel et elle ne soupçonne pas les complications que cela peut impliquer.

— Merci encore, Daddy… Tu ne peux pas savoir comme je suis heureuse… Je crains seulement que Jeanne ne se réjouisse pas autant que moi…

J'attends la communication de Candille qui ne tarde pas.

— Votre petite-fille vous a téléphoné?

— Il paraît que Jorissen l'a trouvée parfaite?...

— C'est exact... À condition qu'elle se calme un peu et que, dans les mois qui suivent, elle n'abuse pas de sa résistance nerveuse...

— J'ai vu Terran...

— Que dit-il?

— La même chose que vous, à peu près... Légalement, cela ne serait sans doute pas trop difficile... C'est la question du médecin qui complique tout...

— Il est difficile à un obstétricien de prétendre qu'il ne connaît pas la femme qu'il a accouchée...

— Je voulais vous demander si, au cas où une sage-femme...

— J'ai compris... J'y ai pensé... Je serai fixé cet après-midi... Vous serez chez vous à partir de six heures?...

— Je vous attends...

— Vous me faites faire un drôle de métier... N'oubliez pas que je ne sais rien, que je ne suis pour rien dans cette histoire...

Il y a longtemps que je n'ai pas été si excité, si impatient. Je ne me souviens pas de ce que j'ai mangé à déjeuner. Mme Daven a été frappée par mon agitation et j'ai préféré lui dire, afin qu'elle ne se méprenne pas :

— Bientôt, peut-être, j'aurai une grande nouvelle qui concerne ma petite-fille à vous annoncer...

— Elle va se marier?

Et je lui réponds, non sans une certaine sincérité :

— Mieux que ça…

Je ne dors pas pendant la sieste. Je passe mon temps à tourner et à retourner le problème dans ma tête. Je cherche à mettre au point les moindres détails.

Puis je lis les journaux sans rien en retenir. Enfin, j'entends le pas de Candille qui, cette fois, a laissé sa trousse dans sa voiture.

— Servez-moi un léger scotch… Je pense que j'en ai besoin…

Il se laisse tomber dans le fauteuil et s'éponge le front.

— Vous êtes sûr de votre petite-fille ?

Je lui tends son verre et me verse un peu de porto.

— Dans quel sens ?

— Ne va-t-elle pas raconter à tout le monde ce qui lui arrive ?

— Je suis certain que, si on lui dit de se taire, elle se taira…

— C'est la seule chose qui me fasse un peu peur…

Il est vraiment soucieux. Je sens qu'il a pris la chose à cœur.

— Jorissen prétend qu'elle lui a fait une excellente impression et qu'il l'a trouvée très mûre pour son âge.

— Ma petite-fille en est emballée et ne jure plus que par lui…

— Malheureusement, il vaut mieux qu'elle n'aille plus le voir… Les secrétaires sont discrètes, mais il y a les voisins, la concierge… Dans un mois ou deux, son état deviendra plus visible et une jeune fille comme elle ne passe pas inaperçue…

— Elle sera néanmoins examinée régulièrement ?

— Bien entendu… Et, si cela devenait nécessaire, ce qui est improbable, Jorissen irait la voir…

— Je ne comprends pas bien ce qui va se passer… Vous avez l'air d'avoir trouvé une solution, mais je ne vois pas laquelle…

— Au peu que vous m'avez dit par téléphone ce matin, j'ai cru que nous avions eu la même idée…

— La sage-femme ?

— Si vous le voulez bien, c'est un mot que nous rayerons pour un certain temps de notre vocabulaire… De celui de votre petite-fille aussi, et de votre ancienne femme, sans compter cette jeune Allemande que va épouser votre fils Jacques… Vous êtes trop connu pour qu'on ne prenne pas toutes les précautions…

Je me sers un second porto, par nervosité, et mon bon Candille accepte un autre whisky.

— Je n'ai plus qu'une visite à faire, une vieille femme qui se croit malade et qui nous enterrera tous… Au fait, vous avez toujours votre villa des environs de Deauville ?…

— Je crois, oui… Il y a des années que nous n'y sommes plus allés… À certain moment, je l'ai mise en vente, mais personne n'a voulu payer le prix que j'en demandais… Peut-être ai-je fixé ce prix trop haut, exprès, parce que j'ai une certaine répugnance à me séparer de ce qui a fait partie de ma vie…

J'en ai eu la preuve en lisant la lettre de Pat. J'avais le cœur aussi serré que si je l'avais quittée la veille.

— Deauville fait partie de votre plan ?

— À quelle date tombe Pâques, l'an prochain ?

— Je n'en sais rien. Je suppose que c'est en avril…

— Le plus tard possible en avril serait le mieux…
D'après Jorissen, c'est vers le début de ce mois-là que
Nathalie a des chances d'accoucher…

Le mot me frappe soudain. Jusqu'à présent, tout a été
théorique. Maintenant, je revois le visage chiffonné de
ma petite-fille devant moi, comme hier, et je me mets à
douter de la réalité de ce qui arrive.

Je répète, sans regarder nulle part :

— Début avril…

7

Nous devons avoir l'air, Candille et moi, enfoncés dans nos fauteuils, de deux vieux conspirateurs. Le docteur parle bas, lui qui a d'habitude la voix sonore, et je me surprends à l'imiter.

— Pour autant qu'on en puisse juger, d'après Jorissen, son état commencera à être visible d'ici un mois…

Plus il précise et plus cela me paraît irréel.

— C'est à ce moment-là qu'elle devrait partir… Y a-t-il des gardiens dans votre villa ?…

— Il y en avait, un vieux jardinier et sa femme. Le vieux jardinier est mort et sa femme est allée vivre chez une de ses filles du côté de Fécamp…

— Des proches voisins ?

— Le parc est assez grand, les arbres et les buissons touffus… Tout est resté des années à l'abandon… L'humidité doit suinter des murs…

— Du moment que la villa est habitable…

Il finit son second verre en grommelant :

— Je n'aime pas du tout ce que je suis en train de faire… Et j'étais encore moins à mon aise quand je suis allé à Ivry…

— Pourquoi à Ivry ?

— Pour rencontrer cette femme, Mme Clamard… Elle n'est pas toute jeune… Il y a plus de trente ans que je la connais… Elle travaillait à la Maternité et elle était une des meilleures sages-femmes… Un jour, elle s'est laissé apitoyer… Cela lui a coûté cher…

— On peut avoir confiance en elle ?

— J'en réponds… Elle a une soixantaine d'années et est toujours alerte, avec de beaux cheveux blancs… Elle fera une gouvernante parfaite…

» Je crois qu'il serait bon, avant, d'aller vous assurer que la maison est en état… Restez-y quelques jours, afin que les gens du pays s'habituent à voir les volets ouverts, une voiture aller et venir…

» Ensuite, votre petite-fille ira s'installer là-bas avec Mme Clamard et elle attendra sagement, sans se montrer, pendant cinq mois…

C'est plus compliqué que je ne l'avais prévu. Il faudra aussi expliquer l'absence de Nathalie. Je pourrais, par exemple, lui avoir offert un voyage aux États-Unis…

— D'accord… grogne Candille. Mme Clamard fera les courses, la cuisine. Elle possède une petite voiture…

— Et après ?…

— Lorsqu'elle vous apportera l'enfant, il aura une dizaine de jours et le reste ne me regarde plus… C'est à votre ami Terran de jouer… La première solution est l'inscription à l'état civil… En refusant de donner le nom de la mère… Qui est supposé être le père ?

Je me sens intimidé. J'ai peur que ce que je vais dire ne paraisse grotesque. Je murmure :

172

— Moi…

Candille n'est pas surpris. J'ai l'impression qu'il s'y attendait. Il me regarde en hochant la tête et j'ajoute très vite :

— Je tiens à ce que l'enfant porte notre nom…

— Bon… Peu importe… Donc, vous allez l'inscrire à l'état civil et vous expliquez comme vous le pourrez que vous venez déclarer un enfant qui a déjà dix jours…

» L'autre solution, je vous en ai parlé, est celle que vous avez qualifiée de mauvais roman populaire… Un enfant trouvé sur votre seuil et que vous désirez adopter… La police fera une courte enquête pour retrouver la mère, mais n'insistera pas…

J'aime moins l'adoption. Je voudrais qu'il n'y ait pas de différence entre cet enfant-là et le reste de la famille.

— Vous en parlerez à Terran… C'est lui qui décidera…

Il regarde la bouteille et je lui sers un troisième scotch. C'est la première fois que je le vois boire autant d'alcool.

Quand il part, il est un peu rouge. J'appelle tout de suite Jeanne, mais elle n'est pas rentrée. C'est la voix de Nathalie que j'entends.

— Tu as du nouveau, Daddy ?

— Je crois… Oui…

— Je peux venir te voir tout de suite ?

— Si tu veux…

Il est sept heures. Une des plus étranges soirées de ma vie commence sans que je m'en doute.

J'annonce à Mme Daven :

— Je dînerai probablement en retard, à moins que ma petite-fille ne mange avec moi…

— Bien, monsieur…

Je lui souris, car elle paraît inquiète.

— Je vous en parlerai sans doute ce soir… C'est en dehors de vous et de moi… Je crois que la nouvelle vous fera plaisir…

Nathalie arrive, ses yeux lui mangeant les joues.

— Alors ? Que va-t-il se passer ?

— D'ici trois semaines ou un mois, quand ta silhouette aura changé d'une façon trop visible, tu iras t'installer dans la villa de Deauville avec une gouvernante…

— Quelle gouvernante ?

— Quelqu'un que tu ne connais pas… C'est une dame d'un certain âge, qui est une excellente sage-femme…

Elle fronce les sourcils, inquiète, et me regarde comme si je l'avais déjà trahie.

— Tu m'avais promis…

— Je t'ai promis que l'enfant naîtrait et cette femme est capable de t'aider à le mettre au monde…

— Pourquoi à Deauville ?… Je ne me souviens pas de la villa… Jeanne m'en a parlé et prétend que c'est une vieille baraque…

— Tu n'y resteras pas longtemps… Cinq mois sont vite passés…

— Mais pourquoi ?

— Parce que l'enfant ne sera pas inscrit sous ton nom…

174

Elle éclate, se lève, se met à parler fort, d'une façon volubile.

— Je me disais bien que c'était trop beau et que tu n'avais pas pu changer ainsi d'un jour à l'autre… Je découvre que Jeanne et toi avez toujours été d'accord…

Elle parle, elle parle, les yeux durs, la démarche rageuse. J'attends la fin de l'orage.

— Quel âge as-tu, ma petite fille ?

— Bon. J'aurai seize ans. Et après ? Le docteur a dit…

— Il ne s'agit pas du docteur… Il s'agit de ta vie… Il est probable qu'un jour tu aimeras un homme…

Avec la mine de quelqu'un à qui une expérience a suffi, elle réplique, amère :

— Ce ne sera pas encore demain…

— Tu ignores ce que la vie te réserve… Ton mari, ou ton amant, n'aimera probablement pas vivre avec l'enfant d'un autre…

— Que veux-tu en faire ? Le donner, comme un chiot ?

Je suis surpris de lui voir autant de défense, sinon d'agressivité.

— Ton enfant… J'allais parler de ton fils, mais ce sera peut-être une fille…

— Non… Je sais que ce sera un garçon… C'est un garçon que je veux…

— Bien… Ton fils, donc, portera notre nom et aura les mêmes droits que les autres membres de la famille…

— Je ne vois pas comment…

— Parce qu'il sera officiellement inscrit comme un Perret-Latour à l'état civil…

— Alors, pourquoi me cacher ?

— Parce que tu ne seras pas citée…

— Qui le reconnaîtra ?

Je ne sais pas si je rougis. C'est probable. Le moment est difficile.

— Moi…

Pour certaines questions, elle est bien de son âge. Elle qui était si furieuse un peu auparavant, je la vois sur le point de pouffer de rire. Elle se contient, non sans me regarder avec ahurissement.

— Tu déclarerais que tu es le père de…

— Pourquoi pas ? Beaucoup d'hommes de mon âge, et même de plus âgés, ont eu des enfants… Personne ne peut m'obliger à révéler le nom de la mère…

— De sorte qu'il deviendrait mon oncle ?

Elle ne me prend plus au sérieux.

— C'est stupide, non ?… Je me demande qui t'a mis une idée aussi baroque dans la tête…

— Je l'ai discutée avec mon avocat et cela ne l'a pas fait rire…

— Pourquoi pas mon père ?

— Ton père va se marier… Je ne pense pas que Hilda serait ravie d'épouser un homme avec un bébé tout fait…

— Tu lui en as parlé ?

— À qui ?

— À mon père…

— Pas encore…

— Il ne sait pas que je suis enceinte ?

— Pas par moi, en tout cas…

— Où l'enfant vivrait-il ?

— Ici, dans l'ancienne chambre de ta grand-mère, que je ferai transformer... J'engagerai la meilleure nurse possible et tu viendras autant que tu voudras... L'été, tu pourras l'emmener à la campagne ou à la mer...

Elle est un peu plus calme, quoique pas encore convaincue.

— Pourquoi fais-tu tout ça alors que tu ne t'es jamais occupé de moi ?

— Tu es venue souvent me voir ?

— Non, je l'avoue. J'aurais eu peur de te déranger.

— Et ton père ?

— Il ne vient pas non plus ?

— Une ou deux fois par an... Comme Jeanne... Comme Jean-Luc... Quant à mes petits-enfants d'Amérique, on ne s'est pas donné la peine de m'apprendre leur existence...

Elle baisse la tête, frappée par cette découverte.

— Je ne me doutais pas...

Elle objecte encore :

— Cela va changer ta vie...

Je préfère ne pas lui répondre.

— Tu crois que cela marchera vraiment ?... Et, le jour où je voudrai reprendre mon fils, tu promets de me le rendre ?...

— Je le promets...

— Tu vas en parler à Jeanne ?

— J'espère la voir ce soir...

— Et à mon père ?

— Je vais lui téléphoner...

— J'aime mieux ne pas être ici quand ils viendront…

Nous nous levons tous les deux. Je lui tends la main.

— Nous sommes d'accord?…

— Il faut d'abord savoir ce qu'ils disent…

Je me contente de dîner de deux œufs à la coque. Je n'ai pas faim. Jeanne arrive la première, vers neuf heures, et je lui désigne le fauteuil que Nathalie a occupé.

— Que se passe-t-il? Tu as un air solennel qui ne me dit rien de bon. Quant à Nathalie, elle m'a embrassée du bout des lèvres et elle est allée s'enfermer dans sa chambre sans manger…

— T'a-t-elle dit qu'elle est allée voir un obstétricien de premier ordre?

— Je commence à me demander pourquoi tu y tiens tant…

Je n'ai rien à répondre. Je ne sais pas moi-même.

— Elle est parfaitement capable de donner naissance à un enfant sans courir plus de risques que n'importe quelle femme…

— Un enfant sans père… Excellent départ dans la vie pour une adolescente, tu ne trouves pas?

Je suis patient. J'ai rarement été aussi patient que ce soir.

C'est le moment où on sonne à la porte et je vois bientôt entrer Jacques et Hilda.

— Nous sommes trop tôt? demande Jacques en nous regardant tour à tour.

Il n'y a que Hilda à être souriante, d'un sourire un peu mystérieux. Il est probable que Nathalie a eu le temps de lui téléphoner.

178

— Asseyez-vous, mes enfants... Qu'est-ce que je peux vous offrir?...

Jacques choisit un cognac, Jeanne aussi, et je sonne pour faire apporter un jus de fruits de la cuisine.

— Hilda ne t'a pas parlé, Jacques?

— De quoi?

— De ta fille...

— Que se passe-t-il avec Nathalie?

— Rien qui puisse t'effrayer... Elle est enceinte...

— Comment le sais-tu?

— Parce qu'elle me l'a dit et qu'un obstétricien me l'a confirmé...

Jaloux, il regarde Hilda.

— Tu étais au courant, toi?

Elle avoue que oui et il se montre encore plus troublé.

— Qui est le père?

— Pour le moment, il n'y a pas de père...

— Qu'est-ce que cela veut dire?

— Ta fille ne veut pas de ce garçon... Elle le déteste... D'ailleurs, il ne vit déjà plus en France...

Jeanne intervient.

— À mon avis, Nathalie est trop jeune pour...

Le visage de Jacques devient dur.

— Ne continue pas.

— Ainsi, tu es de l'avis de ton père...

— Moi aussi! lance Hilda d'une voix joyeuse.

Je remplis une seconde fois les verres. Je parle lentement. Je recommence tout mon raisonnement. Lorsque je déclare : « Ce sera moi... », j'ai l'impression que la jeune Allemande va me sauter au cou. Jeanne a commencé par prétendre que c'était infaisable.

— Tu ne t'es jamais occupé des enfants et voilà que tout à coup tu te mets à décider… Tu ne connais même pas Nathalie… Tu n'as jamais vécu avec elle…

Je réplique doucement :

— Elle n'a jamais vécu avec moi…

Jacques, lui, comprend ce que je veux dire et se montre gêné.

— Tu ne crains pas des ennuis ?

— Il faudrait qu'un de mes héritiers se plaigne… Je ne pense pas que Jean-Luc…

— Jean-Luc s'en moque… C'est moi qui irai le voir pour le mettre au courant… Mais ceux d'Amérique ?…

— Je m'en charge…

Il y aura peut-être encore quelques petites difficultés, mais le plus gros est fait.

— Vous êtes tous d'accord ?

Jacques dit un oui franc et sincère. Hilda murmure :

— Je n'ai pas encore voix au chapitre. En ce qui me concerne, je suis avec Nathalie…

Jeanne se tait et me paraît soudain vieillie.

— Je suppose que l'enfant vivra ici ?

— Oui. J'engagerai une nurse. Je ferai transformer ton ancienne chambre…

La gorge serrée, elle parvient à articuler :

— Bien… Puisque tout le monde…

Elle n'achève pas. Il y a de l'eau dans ses yeux. Je décroche le téléphone et j'appelle le boulevard Raspail. Cela sonne longtemps, là-bas, et je vais raccrocher quand j'entends la voix de Nathalie.

— Tu dormais ?

— Non… Alors ?…

180

— Nous sommes tous ici…

— Mon père aussi ?

— Oui.

— Et Hilda ?

— Je voulais t'annoncer le plus vite possible que tout le monde est d'accord…

— Même Jeanne ?

— Jeanne aussi, oui…

— Dis-leur que je suis contente… Dis à Hilda que j'aimerais la voir avant de me coucher…

Ils sont partis ensemble. J'ai embrassé Jeanne sur les deux joues en lui murmurant à l'oreille :

— Je te demande pardon… Il fallait que je le fasse…

— Peut-être as-tu eu raison…

Ils ont pris place tous les trois dans l'ascenseur.

Un peu plus tard, je raconte l'histoire à Mme Daven qui est très émue.

Il n'y a rien entre nous. Il n'y aura jamais rien de plus, sinon un enfant dans la maison.

8

Pat est morte la veille de Noël. Le mal était trop généralisé pour que l'opération lui donne un long répit. Selon le docteur Feinstein et le professeur Penderton, il vaut mieux que cela se soit passé ainsi.

Je ne suis pas allé à New York pour l'enterrement. J'ai failli, malgré ma répugnance, prendre l'avion. Je pense qu'il est trop tôt pour aller faire la connaissance de ma belle-fille, de Bob, de son frère et de sa sœur.

J'en ai des nouvelles par Eddie. C'est lui qui va envoyer des fleurs en mon nom. Il paraît que Helen et son aîné s'en tirent et qu'ils travaillent tous les deux beaucoup.

Je leur ai écrit pour les inviter à venir en France l'été prochain.

Mais l'été est encore loin et je passe un Noël solitaire. Jacques et sa femme, mariés en novembre, sont allés rejoindre Jean-Luc à Megève.

Je ne quitte pas Paris. Je ne sors pas. Je pense à inviter Candille à venir dîner avec moi mais je n'ose pas. Je me contente de téléphoner longuement à Deauville.

Cartier s'est chargé de tous mes cadeaux que j'ai cependant passé deux heures à choisir.

Pas plus que les autres années, je n'ai oublié le personnel. Émile, mon chauffeur, a reçu une magnifique pipe d'écume. Il m'a expliqué qu'il ne la fumera que chez lui, le soir, car on ne doit pas fumer une pipe d'écume à l'air libre.

Le cuisinier a reçu un étui à cigarettes en argent, sa femme une montre en or.

Les femmes de ménage, comme le personnel de la banque, ont eu leur enveloppe.

Le soir, pour la première fois, je me sens isolé dans mon studio. Je n'ai pas envie de lire. Bien entendu, il n'y a pas d'arbre de Noël dans la maison. Je ne mange ni dinde ni foie gras.

Je finis par ouvrir la porte de ma chambre. Mme Daven se lève.

— Pourquoi ne venez-vous pas vous asseoir à côté ?

Elle s'installe, non sans hésitation, dans un des fauteuils de cuir et je prends place dans le mien. Peut-être par contenance, j'allume un cigare.

Nous bavardons. Plus tard, la pendule sonne les douze coups et nous nous regardons en silence, sans bouger.

La nurse est une Suissesse qui sort d'une des meilleures écoles du Valais. Elle porte l'uniforme de cette école : blouse à fines rayures bleu et blanc et bonnet très coquet.

Nathalie avait raison : c'est à un garçon qu'elle a donné naissance. Le docteur Jorissen avait raison aussi,

184

puisque l'accouchement a eu lieu sans la moindre difficulté.

Elle est retournée boulevard Raspail, sur le conseil de Terran, car la police pourrait se livrer à un semblant d'enquête.

J'ai passé de curieux moments, place du Louvre, à la mairie du Iᵉʳ arrondissement, et je n'aimerais pas recommencer. J'essayais de me remémorer toutes les instructions de Terran qui ne s'était pas montré trop rassurant.

— De toute façon, ils ne peuvent pas te reprendre l'enfant pour le mettre à l'Assistance Publique... Ce que tu risques, c'est qu'ils refusent la reconnaissance et qu'ils exigent l'adoption...

Je me dirige vers le bureau de l'état civil où une vieille dame, accompagnée de deux femmes plus jeunes, peut-être ses filles, vient déclarer le décès de son mari. L'employé écrit calmement, recopie le certificat établi par le médecin. La vieille dame se mouche et s'essuie les yeux.

Il y a du soleil, dehors, et les bourgeons ont éclaté, mettant sur les arbres comme un frottis vert pâle.

— Monsieur? me demande l'employé tandis que les trois femmes se dirigent vers la porte.

Je lui tends ma carte de visite, la carte d'affaires, qui porte mon adresse et mon titre de banquier. Il ne manque pas de m'examiner aussitôt avec une certaine curiosité.

— Vous avez une déclaration à faire?

— Oui.

— Un décès?

— Une naissance...

— Vous apportez le certificat du médecin ?

— L'accouchement a eu lieu sans l'assistance d'un médecin…

Il me regarde avec plus d'attention encore, surpris.

— Une sage-femme ?

— Je n'ai aucun certificat…

— Qui est le père de l'enfant ?

— Moi…

Comme je m'y attendais, il est trop jeune pour ne pas croire qu'un homme de soixante-quinze ans est un vieillard impotent.

— Vous êtes marié ?

— Je l'ai été trois fois…

— L'enfant est de votre troisième femme ?

— Non. Je suis divorcé des trois…

— Il s'agit d'un enfant naturel ?

— Ce n'est pas un enfant naturel, puisque je le reconnais…

— Un garçon ?

— Oui… Vous pouvez écrire : Yves Jacques François Perret-Latour…

Nathalie m'a recommandé de donner ces prénoms dans l'ordre. J'ignore à quoi Yves correspond. Il n'y a jamais eu d'Yves dans la famille et nous n'avons aucune racine en Bretagne. Jacques, c'est pour son père, et le François vient en dernier.

— Le nom de la mère ?

— Je l'ignore…

Il se redresse vivement.

— Vous ne pouvez quand même pas ignorer…

— Mettons que je l'ignore officiellement…

— Où l'accouchement a-t-il eu lieu ?

186

— Je l'ignore aussi…

— Vous permettez ?

Troublé, il se sent obligé de consulter une autorité supérieure. Il pénètre dans un local voisin et peu après un homme un peu plus âgé franchit la porte pour m'observer.

Quant à l'employé, il vient me dire :

— Il faudra que vous attendiez… On est allé voir si monsieur le maire est dans son bureau…

Je n'attends qu'un quart d'heure, assis sur un banc. Un huissier vient me chercher et me conduit au premier étage où nous traversons une antichambre et où on m'introduit dans un vaste bureau. Le maire se lève, me tend la main et murmure :

— Enchanté…

C'est un homme replet, intelligent, au visage sympathique.

— Asseyez-vous, je vous en prie…

Le bureau est Empire, comme chez moi, à la différence que celui-ci est de l'imitation. Le soleil met des reflets sur les bronzes et sur un vaste cendrier de verre. Le maire fume la pipe.

— Le chef de bureau de l'état civil vient de me dire…

Il est aussi mal à l'aise que moi. Il l'est même plus car, ici, le trac me quitte.

— Si j'ai bien compris, vous désirez reconnaître un enfant sans fournir le nom de la mère ?

— C'est exact. J'ai des raisons sérieuses pour que le nom de la mère ne soit pas cité dans les actes officiels…

— Vous n'avez pas non plus, m'a-t-on dit, de certificat du médecin qui a procédé à l'accouchement…

— Il n'y a pas eu de médecin…

— Ni de sage-femme ?

Je le regarde sans mot dire.

— En somme, cette personne a accouché seule ?

— Il arrive que des enfants naissent dans un taxi, parfois dans un train ou dans un avion…

— C'est exact. Nous avons alors le nom de la mère…

— Pas nécessairement celui du père…

— C'est exact aussi…

— Ici, vous avez le nom du père…

Je le sens si embarrassé que je m'empresse de l'aider.

— Il existe, dans le Code civil français, un article 336 que je vous cite de mémoire :

» *La reconnaissance du père, sans l'indication et l'aveu de la mère, n'a d'effet qu'à l'égard du père…*

Il répète la phrase du bout des lèvres avec l'air de réfléchir profondément.

— Ce n'est pas très clair… Vous êtes sûr que ce sont les termes exacts de l'article ?…

— Je puis vous l'affirmer… J'ajoute que j'ai consulté un juriste éminent… Son opinion est que cet article ouvre la voie à un enregistrement qui ne pourrait, a priori, être refusé…

— Quand l'enfant est-il né ?

— Le 5 avril…

— Il y a donc dix jours ?

— Je m'en excuse. Je n'ai pas pu venir plus tôt.

— Je suppose que votre juriste est anonyme, lui aussi ?

Il ne persifle pas. Il est inquiet et je comprends qu'il ne veuille pas commettre une gaffe en me refusant une chose qui me serait due.

— Vous permettez, monsieur Perret-Latour ?

Il sort du bureau, va sans doute téléphoner à des instances supérieures, j'ignore à qui. Cela dure longtemps. J'entends un murmure de voix sans qu'il me soit possible de distinguer les mots.

Quand il revient, il est soulagé.

— Je pense que l'inscription peut se faire… Je donne des instructions pour qu'elle soit enregistrée sur feuille volante jusqu'à ce que la police se soit assurée qu'aucune disparition d'enfant n'est signalée… Je m'empresse d'ajouter que ce n'est qu'une formalité… Vous avez des témoins, en bas ?…

— Mon chauffeur est dans la voiture…

— L'employé vous en fournira un second… Vous savez comment cela se passe… Il y en a toujours deux ou trois à attendre dans un petit bar…

Ouf ! Il me reconduit, me serre la main. Quand je retourne à l'état civil, l'employé me regarde avec une considération accrue.

— On me dit que vous n'avez pas de témoins ? Si vous désirez que je vous en procure…

Il va téléphoner du fond de la pièce.

— Allô, Gaston ?… Ici, Germain… Oui… Deux… Tout de suite… C'est pressé…

Je leur donne cent francs à chacun, par crainte que cela ne paraisse bizarre si je leur donnais davantage.

Je sors et plonge en plein soleil. Je suis en veston. C'est la première fois de la saison, car le mois de mars a été froid et maussade. Je fais signe à Émile de ne pas ouvrir la portière. J'ai envie de marcher.

— Je rentrerai à pied...

Voilà! J'ai un fils de plus. Et, celui-ci, je l'ai dans la maison. Je ne sais pas pourquoi, j'en ressens plus que de la joie, une sorte de délivrance.

Je ne tiens pas à comprendre, à m'interroger. C'est un peu comme si je venais d'effacer quelque chose.

Je marche d'un pas allègre. Il y a longtemps que je n'ai pas marché aussi légèrement. Je m'arrête parfois pour regarder les vitrines de la rue de Rivoli.

Tout à l'heure, je téléphonerai la bonne nouvelle à Nathalie, qui prend plus que jamais des attitudes de grande personne et qui est très fière d'elle.

— Puisque je ne nourris pas, tu ne crois pas que je pourrais aller retrouver les autres à Saint-Tropez?...

Je me souviens de ma promenade le long de la Marne, du chemin creux, de mes regards en l'air et de la phrase qui m'est venue à l'esprit, inconsciemment :

— Il y a encore des noisetiers...

La place Vendôme est belle. Les fenêtres aussi, là-haut.

— Il y a encore...

Quand je pénètre dans l'appartement, j'entends les cris d'un bébé.

Épalinges (Vaud), le 13 octobre 1968.

Le Livre de Poche s'engage pour
l'environnement en réduisant
l'empreinte carbone de ses livres.
Celle de cet exemplaire est de :
250 g éq. CO_2
Rendez-vous sur
www.livredepoche-durable.fr

PAPIER À BASE DE
FIBRES CERTIFIÉES

Composition réalisée par DATAGRAFIX

Achevé d'imprimer en janvier 2014 en France par
CPI BRODARD ET TAUPIN
La Flèche (Sarthe)
N° d'impression : 3003410
Dépôt légal 1re publication : janvier 2014
LIBRAIRIE GÉNÉRALE FRANÇAISE
31, rue de Fleurus – 75278 Paris Cedex 06

31/7904/1